Susanne Feddern

Diagnose Doppelmord

Verpfuscht, vertuscht, für dumm verkauft

Roman

Susanne Feddern

Diagnose Doppelmord

Verpfuscht, vertuscht, für dumm verkauft

Roman

Bibliografische Information der Deutschen Nationalbibliothek
Die Deutsche Nationalbibliothek verzeichnet diese Publikation in der
Deutschen Nationalbibliografie;
detaillierte bibliografische Daten sind im Internet über
http://dnb.d-nb.de abrufbar.

Die Handlung dieses Romans ist frei erfunden.
Ähnlichkeiten mit lebenden oder verstorbenen Personen wären zufällig und sind nicht beabsichtigt.
Die verwendeten Ortsnamen, Straßennamen, Werke und alle sonstigen Bezeichnungen stehen in keinem tatsächlichen Zusammenhang mit diesem Roman.

© 2016 Susanne Feddern
Coverfoto: iStock.com/Christopher Ames
Herstellung und Verlag: BoD-Books on Demand, Norderstedt
ISBN 9783741273124

Du musst nicht kämpfen, um zu siegen

Bernhard Moestl

»Warum? Warum? Hört mich denn niemand?«

Gellende Schreie zerreißen die Nebelschwaden an diesem grauen Novembertag.
»Helft mir! Helft mir doch!«
Blutwarme Tränen rinnen an ihren kalkweißen Wangen hinunter.
»Warum lasst ihr mich alle allein?«

Der frostige Wind zerrt unerbittlich an ihrem blassgrauen Gewand, gerade so, als wolle er die armselige Kreatur gnadenlos in die Tiefe reißen. Hinunter in einen nicht enden wollenden Abgrund. Verzweifelt streckt sie ihre Hände gen Himmel, greift nach einem unsichtbaren Halt im Nichts. Wie ein hilfloses Kind, das seiner Mutter die Arme entgegenstreckt, fleht sie um Gnade, doch niemand nimmt sie wahr. Aus der Ferne grollen Donner in den späten Abend. Sie schreit ihren Kummer in die Ferne, hinaus zum Horizont.

Dunkle Gestalten ziehen an ihr vorüber. Hunderte, Tausende. Mit tief in das Gesicht gezogenem Hut und starr zu Boden gesenktem Blick bewegt sich jeder Einzelne in der grauen Masse scheinbar mechanisch zu einem unbekannten Ziel. Wie von einer unsichtbaren Macht gelenkt, zieht jeder Einzelne unbeirrt weiter. Wie eine Armee der Vernichtung folgt der graue Strom einem vorbestimmten Weg. Eisige Kälte begleitet den nicht enden wollenden Konvoi. Die Hände tief in den Manteltaschen vergraben strömt die schweigende Meute in das Dunkel der nahenden Nacht.
Alle gleich.
Alle grau.
Alles grau.

Niemand nimmt Notiz von dem hilflosen Geschöpf, dessen ausweglose Situation sich von Minute zu Minute mehr zu manifestieren scheint. Regen zieht auf. Im Schutz seines Mantelkragens verliert jeder sein Profil.

Keine Gesichter,
keine Stimmen,
kein Gefühl.
Ihre Schreie erklimmen die letzten Lichtbögen des sterbenden Tages.
Wimmern ohne Hoffnung,
Klagen ohne Glauben,
Leben ohne Sinn.
Ihre blassen Fäuste sinken auf ihre Augen, sinken kraftlos zu ihrem vor Kummer verzerrten Mund. Verzweifelt beißt sie auf ihre durch die fahle Haut schimmernden Knöchel. Blut rinnt an ihren Handgelenken herab. Kein Schmerz durchfährt mehr ihren zarten Körper. Ein Engel, gefangen zwischen Himmel und Hölle.

Wie schwarze, im Verborgenen glühende Lava bewegt sie sich die Rotte.
Gleicher Schritt.
Gleicher Takt.
Todestakt.
Die Schultern wie eiserne Barrieren hochgezogen, ziehen die Gestalten an ihrem Pranger vorbei. Eine Windböe reißt die weite Kapuze von ihrem Kopf, entblößt ihr langes, gewelltes Haar. Zornig schmettern große Regentropfen auf die staubigen Straßen und verfärben die goldglänzende Pracht ihrer Haare zu schmutzigem, nassem Kupfer. Prasseln auf das graue Kopfsteinpflaster des großen Platzes und vermischen sich mit tausenden Schritten.
Gleichschritt,
Gleichtakt,
Tod.

Ein greller Blitz zerreißt die Abenddämmerung.
Was ist Zeit?
Was ist Schmerz?
Was ist Furcht?

Wie der Knall eines übermächtigen Peitschenhiebes schmettert der Donnerschlag seine Gewalt in das unendliche Dunkel.

Suche sie!
Finde sie!
Fange sie!

Dann wird es Nacht.

Wir suchen Sie! Das ist kein Scherz! Rufen Sie gleich an! Die renommierte Modelagentur ganz in Ihrer Nähe! Bewerben Sie sich noch heute für ein Probeshooting!

»Hast du das gelesen?« Janina tippt mit ihrem Zeigefinger wie elektrisiert auf die Annonce.

»Was?« Gelangweilt kaut Lena auf ihrem Kaugummi und schaltet, ohne Janina dabei anzusehen, weiter durch die Fernsehprogramme.

»Na, hier, die Stellenangebote.« Voller Anspannung setzt sich Janina aus dem Schneidersitz aufrecht und versucht mit den Füßen ihre Latschen zu ertasten, die irgendwo unter die Couch gerutscht sind.

»Du glaubst doch nicht im Ernst, dass du dir da irgendeine Hoffnung machen kannst.« Lena verdreht die Augen, zieht ihre Brauen hoch und schüttelt verständnislos den Kopf, ihren Blick weiter fest auf den Bildschirm gerichtet.

»Wieso denn nicht?« Während sich an Janinas Nasenwurzel eine Zornesfalte zwischen die Augenbrauen gräbt, schlüpft ihr rechter Fuß erfolgreich durch den Riemen ihres roten Hausschuhs, mit dem anderen forscht sie weiter unter dem Sofa.

»Weißt du, wie viele sich jedes Mal auf so ein *Wahnsinnsangebot* bewerben?« Lena kneift ihr linkes Auge zu und zielt unbeirrt mit der Fernbedienung auf die Bildschirmmitte, als wolle sie mit jedem Knopfdruck ins Schwarze einer Schießbudenfigur treffen.

»Das ist aber nicht *irgendein* Stellenangebot. Scheint ein Castingwettbewerb zu sein.« Voller Enthusiasmus strahlt Janina ihren zweiten Hausschuh an, der gerade gemeinsam mit ihrem linken Fuß unter der Couch hervorkommt und jede Menge Staubflocken aufwirbelt.

»Ach, du liebe Güte, da gerätst du ja genau an die Richtigen.« Selbstbewusst hebt Lena ihren rechten Arm nach einem erfolgreichen Druck auf einen der Programmknöpfe senkrecht zur Decke, verharrt einen Moment, lässt ihn dann langsam herabsinken und bläst den nicht vorhandenen Pulverdampf von der Fernbedienung.

»Sieh doch nicht alles so negativ.« Janina durchforstet unbeirrt die Schublade des Tisches, ohne den Blick von dem Inserat zu wenden.

»Und du glaubst, die warten gerade auf dich, ja?« Mit einem Blick tiefster Hoffnungslosigkeit hält Lena die Fernbedienung dicht vor ihr Gesicht, um sie dann mit zwei Fingerspitzen und verächtlich nach unten gezogenen Mundwinkeln wieder auf den Tisch zu legen.

»Mann, wer nicht wagt, der nicht gewinnt, oder?« Zwischen den Zettelbergen findet Janina ein Feuerzeug in der Form einer Miniaturrakete. Wie automatisiert zippt sie am Rad, der Feuerstein blitzt altersschwach auf. Ungeduldig und enttäuscht schiebt sie es wieder zwischen die Unterlagen.

»Bitte, wenn du meinst. Du wirst schon sehen, was du davon hast. Was suchen die denn?« Mit gespieltem Interesse und halb geschlossenen Lidern blickt Lena für einen Moment ihre Freundin an, um sogleich auf die unlackierten Fingernägel ihrer rechten Hand zu sehen.

»Ist eine Modelagentur.« Siegessicher fischt Janina den roten Textmarker aus der hintersten Ecke der Schublade.

»Klar. Du hast ja auch die Idealmaße. 70 – 60 – 120.« Lena zieht die Form eines Kontrabasses nach und reibt sich die Nase, während sie die rauchige, blassgelbe Zimmerdecke betrachtet. Sie bildet mit Daumen und Fingern einen Trichter und legt gedankenvoll ihr Kinn hinein.

»Zieh das doch nicht so ins Lächerliche. Ich möchte auch mal wieder etwas mehr Geld im Portemonnaie haben.« Trotzig zieht Janina mit dem Stift einen dicken roten Rand um das Inserat. »Weißt du, wie schlimm das ist, wenn man monatelang vom Existenzminimum leben muss?« Sie versieht das rote Rechteck mit einem unübersehbaren roten Ausrufungszeichen.

»Dann bewirb dich lieber fürs Tütenkleben oder sonst irgendeine Heimarbeit.« Mit kurzen schnellen Bewegungen reibt Lena ihre Fingernägel am Pullover in Höhe ihres Brustbeins. »Das ist mindestens genauso gut, wenn nicht sogar tausendmal besser.«

Kritisch prüft sie den schwachen Glanz des Reibeffekts.

»Du hast gut reden. Du kannst das gar nicht nachvollziehen. Bei dir klingelt es an jedem Fünfzehnten mächtig in der Lohntüte.« Ärgerlich legt Janina mit einer heftigen Bewegung den roten Textmarker auf die Tischplatte.

»Ist nun mal so, wenn man einen sicheren Job hat.« Lena fühlt sich, begleitet von einem siegessicheren Seitwärtsblick, in ihrer Berufswahl bestätigt.

»Ich habe es einfach satt, Tag für Tag nur herumzusitzen und zu warten, dass ich mal wieder für irgendjemanden arbeiten darf. Da kommt doch sowieso nichts.« Janina greift verärgert zur Fernbedienung und drückt wahllos auf die Tasten.

»Na, dann starte mal deinen großen Coup.« Lena lehnt sich im Sessel zurück, verschränkt die Arme und schließt genussvoll die Augen. »Wir können ja gerne mal tauschen.«

Janina holt mit ihrem langen Arm aus und vollzieht mit der Fernbedienung Schläge in Richtung der Mattscheibe, als wolle sie die Programme auspeitschen. Der Fernseher reagiert gelassen auf das vermeintliche Attentat und bleibt stumm. »Ist ja gut.« Mit geschlossenen Augen rutscht Lena noch bequemer in den Sessel.

»Ich kann doch wenigstens mal anrufen. Wenn ich dann in einer dieser stundenlangen Warteschleifen lande, lasse ich schon die Finger davon.« Mit übertriebenem Schmollmund versucht Janina ihre Pläne zu rechtfertigen. »Ich bin ja nicht blöd.« Sie setzt sich wieder in den Schneidersitz, legt die Fernbedienung angewidert zur Seite und faltet die Hände in ihrem Schoß.

»O.k., o.k., tu, was du nicht lassen kannst. Ich wette mit dir, dass die ersten fünf Euro schon weg sind, bevor du jemanden in der Leitung hast.« Lena dreht den Kopf in Richtung des Tisches und blinzelt unter den halb geöffneten Lidern hervor.

»Das ist keine teure 0190er-Nummer, das ist eine ganz normale Vorwahl.« Janina deutet mit ihrem Zeigefinger auf die Annonce.

»Aha. Und wo landest du, wenn du sie wählst?« Lena erspäht ein gebrauchtes Taschentuch, feuchtet Daumen und Zeigefinger an und fischt das Kaugummi zwischen ihren Zähnen hervor.

»Hamburg«, verkündet Janina mit anerkennendem Blick auf die Anzeige.

»Oha, Reeperbahn?« Angewidert verstaut Lena die zerkaute Masse in dem grau-zerknüllten Papierfetzen.

»Meinst du vielleicht, ich kann der Nummer ansehen, woher sie kommt?«, erbost sich Janina, über die von Ironie geprägte Frage.

»Was weiß ich.« Lena bläst ihre Backen auf und lässt die Luft geräuschvoll durch einen schmalen Lippenspalt entweichen.

»Das wird schon kein Bordell sein.« Ihrer Sache völlig sicher, unterstreicht Janina ihre Aussage mit einer selbstbewussten Handbewegung quer über den Tisch.

»Was meinst du, wie viele Mädels auf so etwas hereinfallen?« Verächtlich wirft Lena das Papierknäuel hinter sich über den Sessel gegen die Wand.

»Ich bin doch keine siebzehn mehr«, verteidigt Janina ihren Wunsch.

»Aber manchmal ganz schön blauäugig.« Lena sinkt wieder in gespielten Tiefschlaf und kuschelt sich behaglich in den geräumigen Sessel.

»Na, Gott sei Dank, habe ich ja dich. *Madam Schlau* passt ja auf mich auf.« Ärgerlich springt Janina vom Sofa auf und sucht hinter Lenas Sessel nach dem gebrauchten Papiertaschentuch.

»Sei doch nicht so zickig. Man liest doch immer wieder von solchen *Angeboten*. Ich will dich doch nur vor Schaden bewahren.« Mit einer Hilfe suchenden Handbewegung und einem unschuldigen Blick zur Decke, versucht Lena die Situation zu entschärfen. Kopfschüttelnd erhebt sie sich und trottet zum Bücherregal, um nach Ablenkung zu suchen.

»Entschuldige, ich bin einfach manchmal etwas gereizt.« Janina stützt sich mit der rechten Hand an der Sessellehne ab und bückt sich nach dem zerknüllten Taschentuch. »Ich möchte auch mal wieder essen gehen, einen Kinofilm ansehen oder auch mal neue Klamotten haben.« Nachdenklich dreht sie die unförmige Zellstoffkugel in der Hand. »Ich muss es einfach probieren.

Ich rufe jetzt da an. Du kannst ja mithören.« Sie lässt die Papierkugel wieder auf den Boden fallen und verfolgt die Punktlandung vor ihren roten Pantoffeln.

»Na, dann mal los.« Lena ignoriert Janinas Aktivitäten, die sich hinter ihrem Sessel abspielen.

Verächtlich tritt Janina nach der Kugel, die nach einem kurzen Schub gegen die Wand prallt und vor ihren Füßen wieder langsam ausrollt. Mit einem gehässigen Grinsen setzt sie süffisant ihren Fuß darauf. Genüsslich verlagert sie ihr gesamtes Gewicht auf das lädierte Papiertaschentuch, dann geht sie zum Telefon. Wie ermordet liegt das niedergewalzte Taschentuch samt Kaugummiinhalt auf dem ausgetretenen Teppich.

»Angelfashion. Modelagentur nach Maß. Claudia Fischer. Was kann ich für Sie tun?«, säuselt eine Stimme mittleren Alters am anderen Ende der Leitung.

»Ähm, hier ist Janina Krone. Ich habe Ihre Anzeige gelesen. Sie suchen Models?«, stolpert Janina eilig Wort für Wort heraus.

»Das ist richtig.« Mit kaum spürbarem Interesse wird emotionslos nach Janinas Absichten geforscht. »Haben Sie Erfahrung auf dem Catwalk?«, wird das Interview ohne Umschweife fortgesetzt.

»Nein, äh, ja, ich habe schon gemodelt.« Es fällt Janina schwer, ihre Unsicherheit in der Stimme zu verbergen.

»Hör doch auf zu lügen!«, zischelt Lena in das Gespräch, während sie der Lektüreauswahl abrupt den Rücken zukehrt und sich mit beiden Armen auf die Sessellehne aufstützt.

»Schschscht!!!«, empört sich Janina und legt energisch den Zeigefinger an ihre Lippen.

»Wie?«, tönt die gelangweilte Stimme irritiert am anderen Ende.

»Pardon, mein kleiner Bruder ist gerade ins Zimmer gekommen«, lügt Janina, um das Gespräch glaubwürdig fortführen zu können. »Ich meine, ich, äh, ich habe schon gemodelt. Für einen Katalog. Modekatalog.« Janina legt ihren rechten Arm auf den

Rücken und verschränkt Zeige- und Mittelfinger, gerade so, wie sie es als Kind getan hat, um sich mit dieser Geste im Glauben zu wiegen, eine Unwahrheit vertuschen zu können.

»Sie haben also Erfahrung«, näselt die Dame von der Agentur und raschelt im Hintergrund mit Papier. »Ich gehe davon aus, dass Sie volljährig sind«, fügt sie eilig an.

»Selbstverständlich.« Janina nickt artig, als könne ihr Gegenüber sie sehen.

»Können Sie frei über ihre Zeit verfügen?« Im Hintergrund ertönt das sonore Signalhorn eines Dampfers.

»Ja«, antwortet sie kurz und knapp, um kein falsches Wort zu verlieren.

»Wie sieht es mit Ihrer Mobilität aus?« Die ohnehin überheblich klingende Stimme wird nun über die zugeschaltete Freisprechfunktion des Telefons noch deutlicher hörbar. Das Fenster wird lautstark geschlossen.

»Entfernung ist kein Problem«, hört Janina ihre Stimme nachhallen.

»Haben Sie eine Fotomappe?« Es knackt in der Leitung. Offensichtlich hat sie die Freisprechfunktion wieder ausgeschaltet.

»Ähm, ja. Nein, äh, ich meine ja .... ja, die habe ich.« Janina zieht die Augenbrauen hoch und sieht schulterzuckend zu Lena hinüber. Wie von einem Magneten angezogen, treffen sich ihre Blicke in diesem Moment. Lena hat inzwischen wieder in ihrem Sessel Platz genommen und das Kinn in ihre Hand gestützt. Aufmerksam nachdenklich verfolgt sie den Dialog.

»Gut, alles Weitere möchte ich mit Ihnen persönlich besprechen«, drängt die Agenturdame kurzerhand, um die Befragung zu beenden. »Ich könnte Ihnen am Freitag in einer Woche noch einen Termin anbieten, 10.00 Uhr?!« Sie stellt die Frage so, als dulde sie keinen Widerspruch.

»Das wäre, äh, das ist, ja, mh, ja, das passt. Das passt gut. Wo, wo finde ich Sie?« Janina zieht verlegen die Schultern hoch und sieht Lena fragend an. Nervös sucht sie einen Notizblock.

»Kennen Sie sich in Hamburg ein wenig aus?«

Mit skeptischem Blick und einer unsicheren Handbewegung, die die rechte Hand nervös hin- und herschwingen lässt, gerade so, als drehe sie eine übergroße Glühlampe in eine nicht vorhandene Fassung, fährt Janina fort: »Doch, ja. Ich kenne mich aus.« Janina reißt eilig einen Teil der Tageszeitung heraus und kniet sich auf den Boden.

Wie auf Knopfdruck gibt ihr die monotone Stimme eine Anweisung zur Anreise. »Unsere Agentur ist in der Nähe des Heiligen-Geist-Feldes. Schützenplatz 17, 1. Stock. Klingeln Sie bitte bei Zajewski. Michail Zajewski.«

Nervös forscht Janina zunächst unter dem Tisch nach einem heruntergefallenen Bleistift. »Gut, ich werde da sein, danke, vielen Dank!« Erleichtert findet sie dann neben dem zerknüllten Papiertaschentuch eine Kugelschreibermine. »Bis übermorgen.« Sie kritzelt ungeduldig auf der zerrissenen Tageszeitung.

»Auf Wiederhören.«

Nach Vollendung eines ausgiebigen Zickzackkurses gibt die Mine zaghaft blassblaue Linien preis. »Danke, auf Wiederhören.« Energisch haucht sie ihren Atem auf die ausgetrocknete Spitze des Schreibers.

»Hör auf, das ist Mist. Das ist doch nicht koscher.« Lena gibt dem Vorhaben keine Chance.

»Hör du lieber auf, mir ins Gespräch zu quatschen.« Erleichtert stellt Janina fest, dass die Wiederbelebungsversuche der Kugelschreibermine von zartem Erfolg gekrönt sind. Sie notiert in schwach leserlichen Linien die Adresse.

»Dann bleib doch bei der Wahrheit«, spielt Lena ermahnend auf die ersonnene Erfahrung an.

»Was glaubst du wohl, was sie gesagt hätte, wenn sie erfahren hätte, dass ich noch nie gemodelt habe.« Janina stützt wichtigtuerisch ihren rechten Arm in die Seite.

»Dann hättest du *auch* deinen Termin bekommen, wetten?«, orakelt Lena im Glauben, den vermeintlichen Ausgang dieser Bewerbung erahnen zu können. »Das geht doch alles viel zu schnell.« Sichtlich verärgert, dass ihre gut gemeinten Ratschläge ungehört verhallen, erhebt sich Lena aus ihrem Sessel, um die heruntergefallenen Werbeprospekte aus der Tageszeitung aufzuheben.

»Ich brauche Fotos!«, befiehlt sich Janina und stellt sich entschlossen auf. »Ich brauche dringend Fotos!«

»Die kannst du am Passbildautomaten machen. Die nehmen dich trotzdem.« Ernüchtert versucht Lena eine ihrer Meinung nach angemessene Variante vorzuschlagen.

»Hilfst du mir jetzt oder nicht?« Trotzig und wild entschlossen gibt Janina Lena eine letzte Chance.

»Ich halte nichts davon. Ist meine ehrliche Meinung«, beharrt Lena ablehnend, in der Absicht, dem Vorhaben ihrer Freundin ein Ende zu bereiten.

»Was soll denn passieren? Du kannst doch mitkommen.« Ein wenig über ihren eigenen Mut erschrocken, sucht Janina nun doch nach einem Rettungsanker.

»Um für dich dann wieder die Kohlen aus dem Feuer zu holen?« Lena winkt ab in Gedenken an Janinas frühere Fehlplanungen.

»Das ist schon was Reelles. Ich habe ein ganz gutes Gefühl.« Mit sichtlicher Überzeugung zupft Janina ihr T-Shirt zurecht und betrachtet mit anerkennend geneigtem Kopf ihr Spiegelbild in der Glastür zum Flur.

»Klar, du hast noch nicht mal bei einer Misswahl in der Diskothek mitgemacht«, gibt Lena zu bedenken und sieht Janina strafend mit zusammengekniffenen Lippen an.

»Ich gehe eben gleich aufs Ganze.« Voller Überzeugung und ohne Lena eines Blickes zu würdigen, dreht sich Janina mit stolz geschwellter Brust vor der Rauchglasscheibe und betrachtet zufrieden ihr wohlgeformtes Hinterteil.

»Dann pass mal auf, dass du nicht *ganz* fürchterlich untergehst.« Resigniert widmet sich Lena den Sonderangeboten eines Baumarktes.

»Also machen wir jetzt Fotos?« Janina plustert mit beiden Händen ihre Haare auf und lockt mit kokettem Kussmund ihr Spiegelbild.

»Bitte, wenn du dich nicht davon abhalten lässt.«
Nimm 3 zahl 2. Nutzen Sie dieses Angebot noch diese Woche. Wer kann dazu schon Nein sagen.

»Aus kosmetischen Gründen, ja?« Dr. Morzig notiert mit unbeweglicher Mimik die Anamnese seiner jungen Patientin.

»Ja, wieso?« Mit fragendem Blick erkundigt sich Janina bei ihrem Gegenüber, das sich im frisch gestärkten, blütenreinen Kittel über die jungfräuliche Karteikarte beugt.

»Weil Sie dann für die Kosten der Operation einschließlich Nachsorge selbst aufkommen müssen«, kommt die Antwort wie selbstverständlich und fast von einem ungläubigen Kopfschütteln begleitet.

»Ich weiß.« Janina senkt schuldbewusst nickend ihren Kopf. »Mit wie viel muss ich rechnen?« Sie schaut Dr. Morzig ohne den Kopf zu heben mit einem Blick von ganz tief unten an, als wolle sie einen Preisnachlass aus tiefstem Mitleid erwirken.

»Nun ja, in Ihrem Fall ... ich würde sagen«, Dr. Morzig spitzt die Lippen und hält seinen Kopf schätzend in Schräglage, »zirka 5000 Euro.« Seine strengen Augen blitzen giftgrün und treffen Janina wie ein Pfeil.

»Ich habe gespart«, kontert sie fast vorlaut auf die empfundene Anmaßung, über ihre finanzielle Situation zu spekulieren. »Machen Sie sich keine Sorgen. Wie lange dauert es?« Mit einem unbehaglichen aber entschlossenen Gefühl, versucht Janina die geschäftliche Verhandlung so rasch wie möglich zu beenden.

»Sie könnten nach ein paar Tagen wieder zu Hause sein.« Selbstgefällig und von seiner Arbeit bedingungslos überzeugt hebt Dr. Morzig sein Kinn und lehnt sich wohlgefällig in seinem Chefsessel zurück, der mit einem altersschwachen Knacken des Schwingmechanismus diese Aktion kommentiert. Zwischen seinen Fingern dreht er verheißungsvoll einen Kugelschreiber.

»Gut.« Etwas verkniffen, aber fest entschlossen willigt Janina ein und verabschiedet sich mit einem aufkommenden Unwohlsein. Mit der Freude auf das lang ersehnte Neue erstickt sie jegliche Bedenken im Keim und verlässt nachdenklich die stiefmütterlich eingerichteten, steril anmutenden Räume. Der scharfe Geruch von Desinfektionsmittel begleitet sie noch im Fahrstuhl.

»Du willst w a s ?«, entrüstet sich Lena nach der unwillkommenen Neuigkeit und lässt lautstark ihr Besteck fallen. »Ich glaube, du hast sie nicht mehr alle! Was soll denn dieser Schnellschuss? Knauserst mit jedem Cent und willst jetzt 'ne Brust-OP!« Angewidert schiebt ihren Teller von sich weg.

»Du sagst doch selbst, ich habe so keine Chance. Und außerdem habe ich die Kohle doch dicke wieder raus, wenn ich genug Aufträge bekomme.« Janina versucht zerknirscht ihr Vorhaben zu rechtfertigen und schneidet wie besessen in die zähen Spareribs.

»Das ist so ein Schwachsinn. Komm doch mal wieder auf den Teppich! Du bist wohl von allen guten Geistern verlassen!« Lena stützt ihre Arme auf die Tischplatte und lässt ihre Stirn in die Hände sinken.

»Quatsch, ich habe da echt eine Supersache am Haken.« Kindlich naiv schiebt sich Janina einen viel zu großen, mühsam erkämpften Fleischbrocken in die Backentasche.

»Klar, Modelvertrag. Bist gleich in den Top-10. Rom, Paris, New York. Was kostet die Welt?« Ungläubig greift Lena wieder zu ihrem Besteck und richtet das Messer in ihrer Hand auf.

»Isch will jedenfallsch nischt im Büro verschtauben. Du schitschst doch in Tschwanschig Jahren noch da und schpitscht Bleischtifte«, schmatzt Janina und versucht wieder Ordnung in ihren Mund zu bringen.

»Du *hast* ja noch nicht mal einen Job, Mensch! Mädel, bist du noch zu retten?« Ihr Griff umklammert das Messer fester.

»Esch ischt mir egal, wasch du denkscht.« Janina kaut und schluckt die Überreste der faserigen, schlecht zubereiteten Schweinerippe gequält hinunter. »Ich ziehe das jetzt durch.« Fest entschlossen spült sie die Überreste mit einem kräftigen Schluck Wasser hinunter. Von Kohlensäure geplagt, würgt sie mit zugekniffenen Augen hervor: »Und ich will einen guten Eindruck machen.«

Mit einem Blick tiefster Hoffnungslosigkeit sieht Lena an Janina vorbei ins Leere. Sie schiebt ihren Stuhl beim Aufstehen mit einem lauten Schnarren über die Dielen und stellt frustriert ihren Teller auf die Anrichte. »Als wenn das von deiner Oberweite abhinge. Schlag dir das bloß aus dem Kopf. Selbstbewusstsein bekommst du anders«, versucht Lena zu retten, was noch zu retten ist. »Und woher willst du die Kohle dafür nehmen?«, fragt sie, wohlwissend, dass Janinas Eigensinnigkeit keine Widerrede zulässt.

»Ich habe doch noch Opas Sparbuch.« Janina schiebt die Erbsen einzeln über den Teller hin und her.

»Der würde sich im Grab umdrehen, wenn er wüsste, dass du sein sauer Verdientes für so einen Humbug ausgibst«, mahnt Lena und lehnt sich mit verschränkten Armen rücklings gegen das altdeutsche, klobige Buffet. »Reduziere dich doch nicht auf deinen Busen!« Lena ringt mit ihrer Fassung und legt kopfschüttelnd ihre rechte Hand vor den Mund.

»Du hast gut reden. Du bist ja bestens ausgestattet«, stellt Janina mit einem anerkennenden Blick auf Lenas Dekolleté fest.

»Erstens kann man nie alles haben und zweitens habe ich nicht die wahnwitzige Idee, als Model Karriere machen zu wollen.« Lena versucht mit letzter Anstrengung, auf derartig geballte Uneinsichtigkeit belehrend einzuwirken.

»Warum soll ich denn die Gelegenheit nicht nutzen, wenn ich vielleicht schon mal Probe laufen darf, demnächst?« Janina dreht den Schraubverschluss auf die Mineralwasserflasche und schüttelt sie kräftig, damit die Kohlensäure entweicht.

»Aber doch nicht unter diesen Bedingungen!«, wagt Lena einen weiteren Bekehrungsversuch.

»Die haben doch die Erfahrung.« Janina öffnet vorsichtig den Verschluss und mit einem sich gefährlich steigernden Zischlaut entweicht die aufgeschüttelte Kohlensäure. »Und wenn die sagen, dass oben rum mehr sein müsste, sonst könnte ich das gleich vergessen, dann ist das eben so.« Sie verschließt die Flasche wieder und hält sie fest an Hals und Boden umklammert. Mit zugekniffenen Augen und ängstlich abgewandtem Kopf schwenkt sie erbittert die Flasche, als sei ein Flaschengeist in ihr, den sie umbringen wollte.

»Lass dich doch nicht erpressen!« Mutlos beugt Lena sich zu Janina und versucht ihr ins Gewissen zu reden.

»Ich nehme doch nur den Rat an.« Janina bremst ihr Schüttelmanöver, stellt die Flasche auf den Tisch und hält einen Moment inne. Angestrengt versucht sie ihre innere Stimme zu ignorieren, die ihr vorhält, die fragwürdigen Leistungen der Agentur fürstlich zu honorieren.

»Teurer Rat. 5000 Glocken.« Lena sucht energisch Janinas Blick. »Und nächsten Monat bist du bei denen dann doch schon gar nicht mehr aktuell, weil du vielleicht zu dicke Beine hast. Zu große Füße oder vielleicht Hühneraugen. Sag mal, merkst du eigentlich noch was?«

Janina kümmert sich unbeirrt um die Kohlensäure in ihrer Flasche und beobachtet die wild gewordenen Bläschen durch das grüne Glas. »Du gönnst mir das doch bloß nicht. Ich möchte auch einmal Erfolg haben.« Mutig legt sie ihre Hand erneut um den feuerroten Schraubverschluss.

»Toll, fragwürdiger Erfolg. Aber bitte, lauf ins offene Messer. Du lässt dich ja doch nicht davon abhalten.«

Entschlossen dreht Janina den Verschluss vom Flaschenhals. Mit einem gewaltigen Zischen spritzen Wasserfontänen in ihr Gesicht, über den Küchentisch, bis hin zu Lenas weißem T-Shirt, das eben noch straff ihre weiblichen Reize verhüllte und nun träge und nassgrau erschlafft.

C, vielleicht auch D. Sie trägt bestimmt D. Ob mir D auch steht? Janina schaut verstohlen zur gegenüberliegenden getönten Scheibe des Abteils, in der sie schemenhaft das Abbild eines weiblichen Fahrgastes erkennt. *Ihr Spiegelbild kann trügen.* Aus den Augenwinkeln versucht sie kritisch die Größe des Büstenhalters abzuschätzen. *Man schaut nicht direkt auf den Busen,* ermahnt sich Janina. *Das tut man einfach nicht.* Es ruckelt und mit einem eindringlichen Warnsignal holt die Sirene des Zuges Janina in die Wirklichkeit zurück. *Das ist doch eigentlich nur eine Skizze, die Glasscheibe gibt ihre Oberweite doch nur unklar umrissen wieder,* stellt sie entschlossen fest und erlaubt sich doch noch einen dezenten Blick nach links, dann schaut sie wieder aus dem eigenen Fenster. Abwesend beobachtet sie, wie der Zug einen unbeschrankten Bahnübergang passiert. *Meine Pantoffeln, Mist, ich habe meine Pantoffeln vergessen. Ich kann doch dort nicht barfuß laufen.* Ärgerlich über ihre Vergesslichkeit zieht sie ihre Augenbrauen hoch und schüttelt fast unmerklich den Kopf. *Ach, was soll's, ich muss ja doch eine ganze Weile liegen. Sagt er,* beruhigt sie sich und findet sich mit der Tatsache ab, ohne Hausschuhe zu reisen.

Aus den vorderen Reihen steigt kräftiger Kaffeeduft in ihre Nase und weckt in ihr Appetit auf das *schwarze Gold.* Entschlossen erhebt sie sich aus dem weinroten Abteilsessel und zerrt ihre Reisetasche von der oberen Gepäckablage. Nach dieser Kraftanstrengung lässt sie sich mit einem erleichterten Seufzer wieder in den Sitz fallen, hievt die Tasche auf ihren Schoß und nestelt nach der Thermoskanne. *Kochsalz. Ich habe mich für Kochsalz entschieden. Ob das die richtige Wahl war? Kochsalz. Hoffentlich blubbert das nicht, wenn ich jogge.* Sie gießt sich heißen schwarzen Kaffee in den Metallbecher.

»Guten Morgen. Ist hier noch jemand zugestiegen?«

Ja, wir, meine beiden Kleinen und ich. Janina grinst verlegen auf ihr Dekolleté und stellt den Kaffeebecher auf die kleine Ablagefläche vor dem Fenster. *Ihr werdet bald ganz groß rauskommen.* Mit aller Kraft hievt sie die Reisetasche wieder in das obere Regal und sucht zufrieden nach ihrem Rucksack unter dem Sitz. *Oder hätte ich Silikon nehmen sollen.* Sie fischt einen Einkaufszettel aus den Tiefen der Tasche und lächelt den Schaffner verlegen an. *Nein, Kochsalz ist schon gut. Ist ja was ganz Natürliches.* Mit dem nächsten Griff erscheint ihr Taschenkalender. *Wenn es denn mal ausläuft. Aber heutzutage sind die ja schon so sicher.* Die Suche endet dann doch erfolgreich mit einem zielsicheren Griff zum Ticket. *Habe ich da eigentlich Garantie drauf?* Sie strahlt den Mann in der blauen Uniform an und reicht ihm die Fahrkarte. *Was ist eigentlich, wenn mal eins platzt?* Mit einem strengen Blick auf Janina locht er energisch das Papier und entwertet es für alle Ewigkeit.

»Ist hier noch frei?« Der Zugbegleiter widmet sich bereits den nächsten Fahrgästen. Ihm ist ein gepflegter junger Mann gefolgt, der vor Janina stehen bleibt. Er beugt sich zu ihr hinunter, um ihren Blick zu erhaschen.

Während Janinas Fahrschein sich wieder orientierungslos im Gepäck verliert, bestätigt sie die Anfrage. »Ja.« Ausdruckslos lächelt sie zurück, um sich sogleich wieder der nicht vorhandenen Ordnung ihres Rucksackes zu widmen.

»Wunderbar. Ich bin schon durch den ganzen Zug gelaufen.« Der junge Mann hievt seinen Trolley auf die Metallablage über seinem Sitz. »Alles voll.« Er zupft ein frisch gebügeltes Stofftaschentuch aus seiner Manteltasche, wischt damit flüchtig über die Stirn und strahlt sie noch breiter an. »Verzeihen Sie bitte.« Mit einem entschlossenen Schnäuzen verschwindet seine markante Nase im blauweiß karierten Schnupftuch.

»Ja, ja.« Janina fühlt sich aus ihren Gedanken gerissen und versucht wieder an die Vorstellung in ihrer Fantasie anzuknüpfen.

»Berufsverkehr.« Er zieht umständlich seinen hellbeigen Trenchcoat aus und hängt ihn seitlich an den Haken über seinem Sitz und nickt noch einmal Janina freundlich zu, bevor er sich setzt.

Janina vermeidet es bewusst, diese Geste zu registrieren. *Beruf. Ja, Beruf. Bald habe ich auch einen.* Ein schadenfrohes Grinsen zieht über ihr Gesicht, während die verschlafen wirkende

Landschaft eilig an ihr vorbeizieht. *Model. Ich werde Model. Eine Berufung,* verspricht sie ihrem undeutlichen Abbild in der dezent getönten Glasscheibe und trinkt mit einem großen Schluck den lauwarmen Kaffee aus.

»Fahren Sie bis Hamburg?«, nimmt der Fahrgast neben ihr das Gespräch wieder auf.

»Ja, bis Hamburg.« Mit einem kurzen Nicken bestätigt sie seine Vermutung, um sich dann sogleich wieder ihrem visuellen Ebenbild zu widmen.

»Sie fahren sicherlich auch zur Arbeit, stimmt's?«

Unbeirrt knüpft der junge Mann den Gesprächsfaden weiter und lächelt Janina spitzbübisch ins Gesicht.

»Nein.« Diesmal hält sie seinem Blick stand, aber nur, um ihm in aller Deutlichkeit zu verstehen zu geben, dass sie nicht an einem frühmorgendlichen Dialog interessiert ist. Energisch schraubt sie den Metallbecher wieder auf die Thermoskanne und verstaut das Duo im Rucksack.

Meine Güte, muss der mich jetzt zutexten? Janina lässt in Gedanken den Inhalt ihrer Reisetasche Revue passieren. *Ich glaube, mein Shampoo habe ich auch zu Hause gelassen.* Sie glaubt sich völlig unbeobachtet und schlägt leicht mit der Hand vor ihre Stirn. *Was soll's, wen interessiert schon meine Frisur.* Von ihrer Geste irritiert fühlt sich der junge Mann ermutigt, erneut ins Gespräch einzusteigen.

»Es ist einfach bequem, mit dem Zug zur Arbeit zu fahren.« Er nickt sich selbst bestätigend zu. »Man kann in Ruhe die Zeitung lesen.« Er rückt im Sitzen sein Jackett im Rücken gerade und lockert etwas seine Krawatte.

»Ja.«

Jetzt fängt er schon wieder an. Demonstrativ dreht Janina ihren Oberkörper ein wenig näher zum Fenster und beobachtet sichtlich interessiert die Ortschaft, die wie auf einem schnellen Laufband an ihr vorüberzieht. Mit dem Arm auf der Lehne, das Kinn in die Hand gestützt, sucht sie nach Anhaltspunkten dafür, wo sie sich gerade befinden. *Wenn der nicht gleich aufhört, setze ich mich woandershin.* Sie beginnt die Artikel der Tageszeitung zu überfliegen, die ihr Gegenüber vor seinem Gesicht hält.

Wo war ich gerade? Ach ja, Shampoo. Ich flechte mir einen Zopf. Zufrieden über den wiedergewonnenen Gedankenfluss streicht sie sich über ihr langes blondes Haar. *Dann brauche ich sie gar nicht zu waschen.* Das gleichmäßige Ruckeln des Regionalexpresses wirkt einschläfernd auf Janina. *Ich bin müde. Es ist noch so früh.* Sie dreht ihren Arm und schaut auf das Zifferblatt. 8.00 Uhr. *Bald kann ich schön schlafen.* Mit einem leichten Frösteln verschränkt sie ihre Arme vor der Brust. *Ob die Narkose wehtut?* Ein herzzerreißendes, nicht enden wollendes Gähnen übermannt sie. *Was passiert da eigentlich mit mir?* Sie versucht, dem unbekannten Abenteuer eine Vorschau zu entlocken. *Schlafe ich da nur, denke ich da noch, fühle ich wirklich nichts?*

»Möchten Sie einen Teil von meiner Zeitung haben?« Der junge Mann beobachtet Janinas angestrengte Leseversuche, fischt eine Zeitung aus seiner Aktentasche und filtert die Börsennachrichten für sich heraus.

»Nein, danke.«

Janinas Gegenüber lugt über seine Zeitung, schaut zu Janina, zieht seine linke Augenbraue hoch, schaut zu dem jungen Mann, der Janina immer noch freudestrahlend die Zeitung entgegenhält, und verschwindet dann mit seinem Blick wieder hinter der Zeitung. *Ich haue ihm seine beschissene Zeitung gleich um die Ohren.* Merklich belästigt blickt sie demonstrativ durch das Fenster, während der junge Mann fast irritiert sein Lächeln ersterben lässt und die ausgestreckte Hand schulterzuckend wieder einfährt. *Ist ja echt viel Geld. Was könnte man damit alles anfangen.* Schwärmend blickt sie zur gewölbten Decke des Zuges, die ihre Fahrgäste wie ein Kirchenschiff umschließt. *Neue Klamotten, vielleicht auch mal Markenklamotten. Trägt doch jeder, der was auf sich hält.* Ihre Stirn legt sich zögernd in Falten. *Oder? Muss ich doch gar nicht haben.* Sie schaut auf ihre abgetragenen Jeans, die auf den ausgeblichenen Oberschenkeln deutliche Gebrauchsspuren aufweist. *Warum sollte ich für jemanden Reklame laufen?*

»Haben Sie zufällig eine Uhr um?« Die Frage schreckt sie aus ihren Träumen. Janina zieht umwillkürlich ihren linken Ärmel bis über das Handgelenk. »Ich habe meine zu Hause vergessen.« Der junge Mann strahlt wieder unbeirrt fröhlich in Janinas Richtung.

»Tut mir leid.« Janina umklammert fest ihr linkes Handgelenk. *Tut mir überhaupt nicht leid. Um ihre Augenbrauen formiert sich ein bösartiger Zug. Und wenn ich zehn Uhren umhätte, ich würde dir nie die Zeit sagen.* Gehässig tippt ihr rechter Zeigefinger unbemerkt auf das runde Glasscheibchen unter ihrem Ärmel ... *Der muss doch merken, dass er nervt.* ... und geht in sanftes Streicheln über. *Meine Güte, gibt es lästige Leute.* Sie rückt sich entrüstet in ihrem Sitz gerade, verschränkt die Arme und starrt Löcher in die Zeitung, hinter der sich der immer noch angenehm schweigende Fahrgast befindet. *Ob ich Schmerzen haben werde?* Sie berührt aus den verschränkten Armen heraus seitlich und für andere unbemerkt ihre Brust. *Klar. Ist ja auch gut, dass man Schmerzen hat,* versucht sie sich zu beruhigen. *Ist ja schließlich eine Warnung vor der Gefahr.* Sie zieht beide Augenbrauen hoch, als stelle sie ihre eigene Entscheidung infrage. *Wenn ich mir so vorstelle, so einfach in den Körper schneiden, das Fleisch anheben, so eine richtige Tasche da hineinschneiden wie bei einem Cordon-Bleu und dann füllen. Käse und Schinken, Plastik und Kochsalz. Oder doch lieber nicht?* Zweifelnd beißt sie sich auf die Unterlippe, senkt ihren Kopf und schiebt ihre Hände unter die Oberschenkel.

»Würden Sie kurz auf meine Sachen aufpassen?« Der junge Mann greift auf ihre frei gewordene Lehne und hält sie fest im Griff. »Ich müsste mal kurz austreten.« Dankbar und wie selbstverständlich nickt er Janina, bereits im Begriff aufzustehen, zu.

»Natürlich.« Mit einem unvermeidlichen Aber-gerne-doch-Lächeln gibt sie dem jungen Mann die Gelegenheit, die Toilette aufzusuchen.

Schade, dass das Fenster sich nicht öffnen lässt, kommentiert sie seine Unverfrorenheit, sich ihrer so sicher zu sein. *Idiot. Ich würde jedes Teil einzeln genüsslich hinauswerfen.* Während ihre

Gedanken sich noch um den nicht zu verwirklichenden Rachefeldzug ranken, wird sie erneut in ein Gespräch verwickelt.

»Wissen Sie in welche Richtung?« Er schaut Janina frontal an und strahlt wieder mit seinem jungenhaften Lächeln. Janinas Blick streift seine grauschwarz, fast metallisch glänzenden Augen, die hinter einer eleganten Brille hervorblitzen. Sie gesteht sich ein, dass sie ihr Urteil über ihn ein wenig revidieren muss und kommt zu dem Schluss, dass er durchaus intelligent aussieht.

»Ich meine, das Örtchen?« Mit einem breiten Grinsen stellt er sich in den Gang, zieht seinen Kopf schelmenhaft zwischen die Schultern, hält seine Zeigefinger in Schulterhöhe und zeigt mit ihnen in beide Richtungen.

»Da vorne, glaube ich.« Im selben Moment hätte Janina sich für das gedankliche Kompliment am liebsten geohrfeigt.

»Oh, das ist nett. Vielen Dank.« Er schmunzelt befriedigt, offenbar hat er Gefallen daran gefunden, seine Sitznachbarin an einen Small Talk zu fesseln.

Du glaubst doch nicht im Ernst, dass ich dich in die richtige Richtung schicke. Janina ärgert sich immer noch über ihre gedankliche Abschweifung. *Hoffentlich sind wir bald da.* Und plant seine Unverfrorenheit sogleich mit theoretischen Sanktionen zu belegen. *Verabschiede dich schon mal von deinem Gepäck. Obwohl, die Gelegenheit ist günstig.* Sie lehnt sich über seinen leeren Sitz und späht in den Gang. Ihre Augen suchen nach einem unbesetzten Platz. *Da vorne ist doch bestimmt auch noch was frei.* Ihr Entschluss steht fest und sie plant, sich zu einem vermeintlichen Ruheplatz zu begeben, auch auf die Gefahr hin, dass sie den Rest der Fahrt im Stehen verbringen muss. *Ist mir doch egal, was aus seinen Sachen wird.* Eilig zieht sie ihre Reisetasche aus dem oberen Gepäckregal und schnallt sich den Rucksack über die Schultern. *Egal, und wenn es nur für zehn Minuten ist, ich möchte meine Ruhe haben.* Ihr Gegenüber lässt noch einmal für ein paar Sekunden die Zeitung sinken und nickt ihr freundlich zu.

Und sie hat doch D. Ganz sicher. D.

»Einmal ausfüllen bitte. Möchten Sie Telefon auf Ihrem Zimmer haben?« Das weiße Häubchen verdeckt bis auf ein paar wellige, an der Stirn hervortretende Strähnchen, den grauen Kurzhaarschnitt. Janina schaut in zwei von vielen Fältchen umgebene, wasserblaue Augen. Mit einem fragenden Blick reicht ihr die Schwester einen großen weißen Fragebogen.

»Ja, oder ... ich weiß nicht ... ja, doch, vielleicht doch.« Janina zögert und schiebt ihre Reisetasche zwischen ihre Beine, während ihr Rucksack noch über der Schulter hängt. Automatisch suchen ihre Finger den Kugelschreiber auf dem Ablagebrett, während sie eindringlich die zerknitterte Augenpartie begutachtet.

»Zweibettzimmer?«, forscht die Schwester am Empfangsschalter weiter.

»Einzel. Einzel wäre besser.« Janina wuchtet den Rucksack von ihrer Schulter und setzt ihn gewichtig auf der Reisetasche ab.

»Das kostet 80 Euro extra pro Tag.« Die wasserblauen Augen sehen Janina nachhaltig an.

»Dann, äh, ja vielleicht doch lieber Zwei..., Zweibettzimmer.« Der Kugelschreiber an der metallenen Spiralfeder flutscht Janina sprunghaft aus der Hand. »Das wird bestimmt nett.« Janina grinst verlegen. »Ich meine, ... so zum Plaudern ... vergleichen... danach.« Sie spürt, wie der überflüssige Kommentar ihr die Röte ins Gesicht steigen lässt. Beherzt greift sie erneut zum Kugelschreiber.

»Wie Sie wünschen.« Eifrig notiert die Schwester die Daten in der für Janina angelegten Akte. »Dr. Morzig wird Sie nachher im Gespräch noch einmal genauestens aufklären.«

Genauestens aufklären? Kommt jetzt noch das Kleingedruckte? Janina füllt gewissenhaft den Fragebogen aus. *Alter, Geschlecht, Größe*

»Ja, das ist nett.« ... *ärztliche Behandlung in letzter Zeit, frühere Operationen* ...

»Wertsachen können Sie im Zimmer deponieren. Dort ist ein Safe.« Forschend blickt die Schwester auf das Fortschreiten des Ausfüllens.

»Ja, vielen Dank«, schließt Janina in der Hoffnung, alle Fragen beantwortet zu haben, mit dem Datum und der Unterschrift und reicht der Schwester das vervollständigte Formular.

Wertsachen? Was ist mir wertvoll? Janina lässt den Kugelschreiber an seiner Metallspirale zurückschwingen. *D-Körbchen. Das wäre cool.* Sie schiebt sich den Rucksack wieder über die Schulter. *Das wäre jetzt echt wertvoll. Ich brauche keinen Safe.* Mit fragendem Blick lehnt sie ihre geballten Fäuste auf den Tresen vor der Sprechöffnung im Kunststofffenster. *Ich trage meine Geschmeide bald mit mir.* Sie lächelt die Schwester an. *Die verstecke ich doch nicht in einem Safe.* Da offensichtlich keine weiteren Fragen mehr im Raum stehen, greift Janina mit Begeisterung nach ihrer Reisetasche.

»Schwester Isolde ist die Stationsschwester. Sie finden sie im dritten Stock. Der Fahrstuhl ist dort vorne rechts.«

Schwer bepackt, trotz fehlender Hausschuhe und ohne Shampoo, hält Janina der Wegbeschreibung folgend nach dem Fahrstuhl Ausschau und bedankt sich im Weggehen noch einmal freundlich bei der Schwester.

Rechts. Dann wollen wir mal. Nach ein paar Schritten erreicht sie die metallene Schiebetür des Fahrstuhls und hält mit einem sich selbst ermutigenden Seufzen davor inne. *Jetzt bin ich schon mal hier.* Beherzt drückt sie den beleuchteten Knopf und hört, wie sich kurz darauf über ihr im Fahrstuhlschacht die Türen geräuschvoll schließen. Mit einem leisen Surren zieht das Triebwerk die Kabine zum Erdgeschoss. *Und bald werdet ihr staunen, ihr alle, deren Melkmaschinen vor euch hinschaukeln. Meine werden stehen wie eine Eins.* Ein Gong signalisiert die Ankunft, mit einem Ruck öffnet sich die Fahrstuhltür und bedächtig schieben sich die stählernen Elemente ineinander. *Ha! Und das noch in 20 Jahren.* Fast übermütig und mit einer gewissen Leichtigkeit betritt sie die quadratische Zelle und drückt auf den beleuchteten Knopf mit der 3 – gynäkologische Ambulanz. *Isolde, ich komme!* Und dann verschluckt sie die Kabine.

Langsam setzt sich der Fahrstuhl in Bewegung und Janina

beobachtet die Leuchtanzeige über der Tür. *1 ... 2, gleich ist es so weit.* Der Schub wird langsam abgebremst und mit einem leichten Schwingen kommt der Aufzug zum Stillstand. Zögernd öffnet sich mittig ein Spalt und die Türen weichen in die seitliche Verkleidung.

Mmh, weiß, kalt, steril. Und nun? Janinas sucht nach einem Anhaltspunkt, wo Schwester Isolde anzutreffen sein könnte. Sie tritt aus dem Lift und geht ein paar Schritte den langen Flur entlang. Ihr Blick fällt auf eine Pinnwand. *Schön sein ist kein Zufall. Wir kümmern uns um Ihre Haare, Ihr mobiler Friseur.* Janina überfliegt die Aushänge. *Donnerstag: Putenbrust, Freitag: Quarktaschen mit leichter Füllung ... Sonntag, 10.00 Uhr Morgenandacht.*

»Kann ich Ihnen behilflich sein?«

Janina unterbricht den visuellen Ausflug in das sterile Animationsprogramm und blickt sich um. Ihr Magen quittiert mit einem Knurren die Aussicht auf ein appetitliches Menü. »Ja, bestimmt, ich suche Schwester Isolde.«

Bereitwillig weist die Schwester auf einen kleinen Raum mit einer unverhältnismäßig großen Glasscheibe im hinteren Drittel des langen Flures. »Schauen Sie, da vorne, sehen Sie die große Glasfront?« Janina bestätigt die Frage mit einem Nicken. »Dort finden Sie Schwester Isolde.« Janina bedankt sich und begibt sich eiligen Schrittes zu dem besagten Raum.

»Guten Morgen, Krone, ich soll mich bei Ihnen melden. Ich habe einen Termin bei Dr. Morzig«, stellt sich Janina artig vor.

»Frau Krone?« Eine kleine korpulente Mittvierzigerin mit straff zurückgebundenem, auberginefarbenem Haar sieht zu ihr hoch, um dann fast zeitgleich ihre Patientenliste mit dem Kugelschreiber nach dem Namen ›Krone‹ abzugleichen. »Brustvergrößerung, ah ja. Hier habe ich Sie.« Ein blauer Haken ziert fortan Janinas königlichen Nachnamen auf Isoldes Liste. Sie legt den Schreiber beiseite und erhebt sich, wobei sie im Stehen kaum an Größe gewinnt. »Dann kommen Sie mal mit«, fordert sie Janina auf und öffnet die Tür ihres gläsernen Kabäuschens. Sie stellt sich neben Janina auf den Flur und weist mit ihrer Hand auf das vordere Flurende. »Zimmer 318. Die vierte Tür rechts.« Janina nickt aufmerksam in die Richtung ihrer Hand. »Schauen Sie sich erst einmal in Ruhe um.« Sie stellt sich wieder frontal vor Janina und faltet die Hände vor ihrem Bauch, wobei man den Eindruck gewinnt, sie trüge ein Tablett unter ihrem weißen Kittel, auf dem die Hände ruhen. »Sie haben den blauen Schrank, Ihre Hygieneartikel verstauen Sie bitte dort, wo sich die blauen Symbole befinden. Nachher werde ich Sie zum Gespräch mit dem Narkosearzt bitten.« *Na hoffentlich ist der nicht auch blau,* denkt sich Janina im Rausch der Gefühle.

»Ja, vielen Dank. Das ist sehr freundlich.« Janina befördert mit einem Schwung aus den Knien ihren rutschenden Rucksack wieder korrekt über die Schulter.

»Ihre Zimmernachbarin wird am Nachmittag wieder zurück sein«, fügt Isolde der Vollständigkeit halber schnell hinzu. »Ich werde dann auch gleich zu Ihnen kommen«, beteuert sie und schlüpft wieder in ihr gläsernes Kämmerchen, um rasch zum Telefonhörer zu greifen. »Dann wünsche ich Ihnen einen angenehmen Aufenthalt«, ertönt es noch schnell aus der halb offenen Tür.

»Danke, vielen Dank.« *Fehlt nur noch, dass sie ihre Handflächen betend zueinander gerichtet vor ihr Gesicht hält und eine tiefe Verbeugung vor mir gemacht hätte,* denkt Janina schmunzelnd über ihr pausbäckiges Gegenüber, deren Statur sie an einen gemütlichen Buddha erinnert, und trottet gleichmütig den Flur entlang. *318. Da ist ja der Ort meiner Begierde.* Sie öffnet langsam die übergroße Tür, als erwarte sie eine Überraschung dahinter. Wie ein aufgeregtes Kind schiebt Janina erst den Kopf durch den Spalt. Beim Blick auf die Betten trifft sie die erste Enttäuschung. *Schade kein Fensterplatz.* Etwas betrübt setzt sie einen Fuß in das übersichtlich eingerichtete Zimmer. Der strenge Geruch nach Sterilium strömt Besitz ergreifend in ihre Nase. »Was soll's, dafür hat jeder seinen eigenen Fernseher.« Janina schiebt den Rucksack von der Schulter und reibt sich den schmerzenden Nacken. »Isolde, das hast du ja schon mal fein gemacht. Catwalk, ich komme.«

»Ich bin so unglücklich. Das ist doch hoffnungslos in die Hose gegangen.« Janina blättert ziellos durch den prall gefüllten Ordner. »Wie sieht das bloß aus. Ich bin total entstellt.« Ihr Blick bleibt auf dem medizinischen Gutachten hängen. Mit nachdenklicher Miene folgt sie schweigend dem Text: *Die submuskuläre Prothesenimplantation ist eine Alternative zur epimuskulären, die dann indiziert ist, wenn vor Prothesenimplantation ein sehr dünner Hautmantel besteht oder aus einer Prothesenimplantation ein sehr dünner Hautmantel resultiert, und wenn die Patientin mit den möglichen Nachteilen einer submuskulären Implantation einverstanden ist.* Na toll, warum hat er die Dinger denn nicht gleich unter den Muskel gelegt. Dann wären die doch viel stabiler verpackt gewesen.« Janina blättert entrüstet eine Seite weiter und überfliegt die gutachterliche Perspektive.

»Vielleicht hat er sich gedacht, dass diese Methode bei dir am angebrachtesten war.« Lena versucht Janina zu beruhigen.

»Mann, wenn ich Arzt bin, dann erkläre ich doch meinem Gegenüber, wie das hinterher womöglich werden kann. Dass da solche Beulen auf der Brust entstehen können, davon war nie die Rede. Steht doch auch hier: *Es kann allerdings sein, dass die sichtbaren Veränderungen nicht so deutlich gewesen wären, wenn die Prothesen unter den Brustmuskel gelegt worden wären.* Wenn das schon der Gutachter befürwortet, ich bitte dich, an was für einen Sonntagspfuscher bin ich da bloß geraten«, steigert sich Janina in ihre Rage hinein.

»Du kannst es doch jetzt nicht ändern. Hör auf, dich zu ärgern und versuche in die Zukunft zu gucken. Du willst doch auf jeden Fall, dass es wieder hübsch wird«, beschwichtigt Lena ihre Freundin und sieht sie eindringlich an.

»Was ist denn da noch zu retten? Der Nächste sagt mir auch wieder nicht die ganze Wahrheit. Ich weiß nicht, was ich in Erfahrung bringen muss. Woher soll ich denn wissen, was alles passieren kann? Ich erlebe das doch zum ersten Mal.« Ihr Finger wandert über die Zeilen des nächsten Absatzes: *Die Beschwerden der Antragstellerin könnten nur durch eine neue Operation behoben* werden, bei der die Implantate entfernt werden und ggf. durch neue ersetzt werden würden. Janina rauft sich die Haare.

»Du liest es doch selbst. Du musst die Zähne zusammenbeißen und da jetzt noch mal einen Vorstoß wagen, egal, wie das Urteil ausfällt.« Lena steht auf und stellt sich hinter Janina. Sie schaut über ihre Schulter auf die Krankenunterlagen.

»Weißt du, wenn du dir einen Fernseher kaufst, weißt du doch auch, was du von dem neuen Teil erwartest: gestochen scharfes Bild, klarer Ton, toller Preis. Dass ich für ein neues Luxusgerät vielleicht verschiedene Zusatzgeräte brauche oder auf bestimmte Anschlüsse achten muss, darauf muss mich doch der Verkäufer aufmerksam machen, das kann ich als Kunde nicht ohne Weiteres wissen. Manchmal denke ich, die sind froh, wenn sie ihre Provision eingestrichen haben, und *nach ihnen die Sintflut*.« Janina klappt voller Enttäuschung den überquellenden schwarzen Ordner zu.

»Glaube mir, du hast einfach Pech gehabt. Man muss eben noch viel genauer hinschauen, wer wirklich das Zeug dazu hat, ein sehr guter kosmetischer Chirurg zu sein.«

»Warum gibt es bei Ärzten nicht auch so eine Art *Stiftung Ärztetest* oder Gütesiegel oder was weiß ich.« Janina stützt ihr Kinn in beide Hände. »Ich kann doch nie wieder ein T-Shirt tragen oder eine enge Bluse. Da starrt doch jeder sofort auf die Beulen.« Janina wischt sich eine Träne aus dem Auge.

»Natürlich kannst du es nicht von heute auf morgen verändern, das ist schon klar, aber du darfst jetzt ja auch nicht in Resignation verfallen.« Lena legt ihre Hand auf Janinas Schulter.

»Und was ist mit den Kosten? Stell dir vor, ich verliere den Prozess, dann bleibe ich auf den ganzen Kosten sitzen und weiß erst recht nicht, wer mir die ›Reparatur-OP‹ bezahlt. Ach, das ist alles zum Heulen.« Janina drückt kurz Lenas Hand, die noch auf ihrer Schulter ruht, steht auf und geht zur Tür.

»Noch ist doch nicht alles verloren. Warte doch erst mal ab, was die Verhandlung morgen ergibt. Mehr kannst du im Moment nicht tun. Den Rest erledigt dein Anwalt.« Lena schaut ihr hinterher.

»Es ist so schwierig, gegen Ärzte etwas auszurichten. Die Prozentzahl derer, die als Patient Recht bekommt, ist verschwindend gering. Die Zahl derer, die so ein Verfahren erst gar nicht anstreben, weil sie sich sowieso nicht als Gewinner einschätzen, ist dafür tausendmal höher.«

Janinas Mutlosigkeit berührt Lena zutiefst. Obwohl sie mit ihrer Warnung vor der Operation Recht behalten hat, übt sie sich in Rücksicht und verschweigt ihre Vorwürfe. »Weißt du, ich werde morgen ganz doll an dich denken. Solange, bis du Schluckauf bekommst«, versucht sie die Situation ein wenig ins Positive zu verlagern.

»Ja, drück mir die Daumen für morgen.« Verbittert lächelnd zeigt Janina den erhobenen Daumen zu Lena und verlässt dann mit gesenktem Kopf den Raum.

»Im Namen des Volkes ergeht folgendes Urteil: In dem Rechtsstreit Krone gegen Morzig hat die 10. Zivilkammer des Landgerichts Lübeck durch den Vorsitzenden Richter am Landgericht in der mündlichen Verhandlung am 28.06.2003 für Recht erkannt: Die Klage wird abgewiesen. Die Klägerin trägt die Kosten des Rechtsstreits.«

»Ich glaube das nicht. Ich kann das einfach nicht glauben.«

Rechtsanwalt Projus beruhigt Janina. »Warten Sie ab, Frau Krone, noch ist ja nicht aller Tage Abend. Wir können in die Berufung gehen.« Er schält sich aus seiner schwarzen Robe und wirft sie sich über seinen linken Arm, unter dem ein prall gefüllter Aktenordner klemmt.

»Ach, was bringt das denn noch.« Janina verfällt in tiefe Resignation. »Gegen die Ärzte kommt man doch sowieso nicht an.« Entschieden und fast angewidert wendet sie sich ab und stößt verärgert den Atem durch die Nase. Sie stützt sich auf die abgeblätterte Fensterbank und starrt wie hypnotisiert auf die gegenüberliegenden verspiegelten Fenster am anderen Ende des Innenhofs, als erführe sie aus ihnen die Wahrheit.

»Sie haben recht«, stimmt Projus seiner Mandantin zu und legt den Aktenordner auf die neben ihm stehende, dunkelbraune, schwere Holzbank. »Es ist in der Tat schwierig und langatmig.« Er nickt bedeutungsvoll und legt fast priesterlich seine rechte Hand über die linke, sodass sein Ornat nun beide Hände verhüllt.

»Ich bin verzweifelt.« Janina spürt ein Gefühl von Wut und Machtlosigkeit. »Diese lange, verdammte Zeit, alles umsonst.« Mit einem Ruck dreht sie sich um und ihre Augen funkeln zornig in die altehrwürdige Halle. »Wie soll man denen denn einen Fehler nachweisen? Die sichern sich doch von Anfang an ab.« Der modrig hölzerne Geruch von altem Gebälk umgibt sie. »Da bekommt man etliche Formulare zum Unterschreiben, vertraut, dass man über alles aufgeklärt wurde, und dann gibt es immer noch etwas, was im Nachhinein auftaucht, wo es dann heißt: Wieso, Sie haben doch unterschrieben, dass Sie damit einverstanden sind.« Wieder nickt Projus zustimmend mit dem Kopf. »Scheiße, man kann doch nicht alles vorher erfragen. Die Ärzte sind doch die Profis, sollte man zumindest meinen, die müssen doch wissen, was alles vorher zu besprechen ist.« Zornig geht Janina ein paar Schritte in Richtung der Balustrade und durchschneidet mit einer wischenden Handbewegung die flitternden Staubteilchen, die eben noch munter in den hereinfallenden Sonnenstrahlen getanzt haben. »Die werden sich doch hüten, eventuelle Vorkommnisse, die sich für den Patienten nachteilig auswirken können, von vornherein offen zu erwähnen. Das wird alles so geschickt und wortgewandt verpackt, dass jede Gegenwehr später zwecklos ist.« Sie stützt sich auf das kunstvoll geschnitzte Geländer und schaut hinunter auf die großen Fliesen, die den Boden des Erdgeschosses zieren und an ein überdimensionales Schachbrett erinnern.

»Wie gesagt, wir können in Berufung gehen.« Projus ist ihr bis auf zwei Schritte zum Geländer gefolgt. »Wir haben zwei Monate Zeit«, gibt er zu bedenken.

»Ich habe keine Kraft mehr.« Janina dreht sich mit gesenktem Kopf zu ihm. »Und ich habe kein Verständnis für diese Ungerechtigkeit.« Sie kneift ihre Augen zusammen und blickt ihn wütend an. »Wieso gestehen die ihren Fehler nicht ein? Da wurde doch eindeutig gepfuscht.« Voller Hass würgt sie den aufsteigenden Kloß in ihrem Hals hinunter.

»Das kann ich nicht beurteilen.« Mit einer Geste, die alle Schuld von sich weist, baut sich Projus vor ihr auf. »Dafür haben wir das Gutachten.« Er weist mit einer Handbewegung hinter sich auf den Aktenordner, der immer noch auf der Holzbank liegt.

»Gutachten, toll, wer stellt das aus? Ein Arzt! Natürlich. Da wird doch die eine Krähe der anderen kein Auge aushacken.« Janina ereifert sich über das in ihr aufkommende Gefühl des Alleingelassenseins.

»Sicher, da ist manchmal bestimmt etwas Wahres dran.« Projus demonstriert ihr mit einem Schulterschluss, dass er gewillt ist, ihr seinen Beistand zu gewährleisten. »Aber das, was dem Richter schwarz auf weiß vorgelegt wird, zählt, das sind die

Fakten.« Er vermittelt mit seiner Aussage den Ausschluss jeglichen Zweifels.

»*Diese kleine Beule*« wenn ich das schon höre. Das kann man doch nicht einfach als *Pillepalle* hinstellen.« Janina greift sich bei diesem Zitat wütend an den Kopf. »Was soll ich denn jetzt machen? Ich kann doch nicht mit der verkorksten Brust herumlaufen.« Sie postiert sich dicht vor Projus und streckt ihm fragend ihre Hände entgegen.

»Ich kenne ja nur die Fotos, aber ich kann Sie verstehen.« Er weicht einen Schritt zurück.

»Wer soll denn die Folgeoperation bezahlen?« Verzweifelt nach Luft schnappend, als hätte man sie gerade vor dem Ertrinken gerettet, sinnt Janina nach einer Lösung.

»Wie gesagt, Frau Krone, ich weiß es im Moment nicht.« Mit zwei großen Schritten ist er wieder bei der massiven Holzbank und schnappt sich mit gezieltem Griff den schwarzen Aktenordner. »Lassen Sie uns in den nächsten Tagen noch einmal in meinem Büro darüber sprechen.« Er hält ihr die Hand zum Abschied hin.

»Ja, ich ... ich. Ja, ist gut«, besinnt sich Janina und willigt ein. »Ich melde mich bei Ihnen.« Sie schlägt ein und nickt in der Gewissheit, über keinen Trumpf mehr zu verfügen.

»Viel Glück!«, ruft Projus ihr im Weggehen zu und hastet schnell über die breite Holztreppe nach unten.

»Danke.« Ein Gruß, der leise verklingt und ihn nicht mehr erreicht.

»Du wirst es nicht glauben. Ich habe den Prozess verloren«, sagt Janina, während sie durch das Fenster der Eisdiele die Passanten beobachtet.

»Ich habe dir gleich gesagt, lass die Finger von diesem Mist.« Lena stochert ohne Appetit in ihrem Eisbecher.

»Wenn ich das bloß vorher alles gewusst hätte.« Janina umschließt mit beiden Händen ihren Cappuccino und beobachtet das Kakaoherz auf dem Milchschaum.

»Doch lieber Bleistifte spitzen, hm?« In dem Moment, als ihr dieser Satz über die Lippen kommt, spürt Lena, dass sie diesem Fettnäpfchen nicht mehr entrinnen kann.

»Ach, lass mich in Ruhe, verarschen kann ich mich alleine.«

Lena entgegnet dem nichts mehr und beißt sich auf die Unterlippe. »Und was willst du jetzt machen?«, bekundet sie ihr Interesse am Fortgang der Geschichte.

»Weiß nicht genau, auf jeden Fall müssen die Dinger schleunigst wieder raus.« Janina tippt verächtlich auf ihre Oberweite, als wenn sie sie nicht länger als einen Teil von sich akzeptieren kann. »Wie sieht das denn aus! Ich kann doch so nicht mehr rumlaufen.« Angeekelt beugt sie sich ein wenig nach vorne, zieht ihren Pullover mit zwei Fingerspitzen weit nach vorne und lehnt sich wieder gegen den Stuhl. Der entstandene Stoffüberschuss lässt nun nicht mehr die geringste Vermutung auf weibliche Rundungen zu.

»Zeig doch mal«, bittet Lena, wohlwissend, welche Herausforderung es für Janina bedeutet. »Komm, bitte, mach schon.« Sie umfasst mit ihren Händen Janinas Handgelenke und sieht sie liebevoll an.

»Ach, ist doch alles scheißegal.« Janina entzieht sich vorsichtig ihrem Griff und sieht zögernd an sich herunter. »Hier.« Sie spannt nach einer Weile den dünnen Pulli über der markanten Stelle auf der Brust.

»Merkwürdig ist das ja schon. Wie kann da so eine spitze Beule entstehen?« Lena schaut verwundert auf die sich deutlich unter dem Pullover abzeichnende Vorwölbung. »Ich schätze mal, das Ding ist kaputt.«

Janina rafft den Pullover wieder derart zusammen, dass sie mit den entstandenen Gewebefalten ihren lädierten Busen bedecken kann.

»Aber woher plötzlich?« Lena schiebt die Sahne auf dem langen Löffel in ihren Mund, dreht ihn darin um und holt ihn blitzsauber wieder zum Vorschein. Sorgsam vergräbt sie ihn wieder zwischen den Eiskugeln, jedoch nicht ohne ihn vorher mit einem Blick auf etwaige Sahnereste geprüft zu haben.

»Keine Ahnung.« Janina nimmt einen vorsichtigen Schluck Cappuccino aus der Tasse. Eine Schaumkrone ziert ihre Oberlippe. »Vielleicht war es ein Sonderangebot.« Sie fährt mit ihrer Zunge sorgfältig am oberen Lippenrand entlang. »Billigware. Aus Fernost. Ich weiß es nicht. Das Ding hat ein Leck.« Sie blickt auf das verzogene Kakaoherz und versucht eine Antwort darin zu finden.

»Das glaube ich nicht, dann wäre es doch ganz ausgelaufen«, versucht Lena zu beschwichtigen, während ihr Löffel klappernd mit einer Schwarzwälder Kirsche am Boden des Eisbechers ringt.

»Was weiß ich, da hüllen sich doch alle in Schweigen.« Ihre Augen verfolgen einen Rettungswagen, der sich bei Rot einen Weg über die Kreuzung bahnt. »Da zahlt die arme Krankenkasse Tausende von Mark für ein Gutachten, will mir helfen, aber ist ja doch alles für die Katz.« Ein Peterwagen rast unmittelbar hinterher. Staunende Passanten bleiben wie angewurzelt stehen und verfolgen mit ihren Köpfen die wilde Fahrt. »Ich bin entstellt. Model. Schaulaufen. Toll. Wo bin ich da bloß reingeraten.« Sie wünscht sich, die Zeit zurückdrehen zu können. »Weißt du, das ist genau wie mit den Kaffeefahrten«, versucht sie an diesem Paradebeispiel ihren Reinfall zu verdeutlichen. »Da wirst du gelockt, dann kommt die große Abzocke, und das Ende vom Lied: Wenn du Glück hast, nimmt der Fahrer dich noch wieder mit. Wenn du den Mund aufmachst, kannst du sehen, wie du nach Hause kommst.« Sie nickt voller Selbstmitleid dem Kaffeesatz zu. »Ja, ich habe einen großen Fehler gemacht, das sehe ich ein. Aber jetzt muss ich da irgendwie durch.« Dem Kellner gibt sie durch Aneinanderreiben von drei Fingern zu verstehen, dass er die Rechnung bringen soll. »Das kann doch so nicht bleiben.« Entschlossen sucht sie in ihrer Handtasche nach ihrem Portemonnaie.

»Trag Steppwesten.« Lena versucht ein letztes Mal die prekäre Situation auf humorvolle Weise zu entschärfen, erntet dafür jedoch herbe Kritik.

»Blöde Kuh!« Janina stoppt ihren Suchvorgang und schaut Lena böse in die Augen.

»Entschuldigung. Komm, ich wollte dich nur aufheitern. Wir suchen nach einer Klinik.« Lena legt beruhigend ihre Hand auf Janinas Arm.

»Woher soll ich denn wissen, wem ich vertrauen kann?« Janina zieht ihren Arm reflexartig ein wenig unter Lenas behutsamer Berührung zurück.

»Kopf hoch. Du bist wahrscheinlich nur an den Falschen geraten. Es ist ja nicht jeder Halbgott in Weiß ein schwarzes Schaf.«

»Sie müssen ausgewechselt werden.« Kritisch begutachtet Dr. Forman Janinas Brüste. »Schauen Sie mal hier.« Mit sanften Bewegungen formt er ihre Brust in bedächtig pulsierenden Abständen zu einem Oval, um es zwischen seinen Fingern dann wieder erschlaffen zu lassen. »Ihr Gewebe ist viel zu zart, um dem stramm verformten Implantat zu einer natürlichen Form zu verhelfen.« Mit bedenklicher Miene prüft er die unregelmäßig geformte Brust. Seine Hände ertasten die erhärtete Struktur mit der deutlichen Vorwölbung des Gewebes. »Da ist die Gefahr groß, dass sich die Implantate durch Gewalt oder einen unglücklichen Zufall bis direkt unter die Haut durchpressen.« Sorgenfalten graben sich in seine Stirn. Er drückt seinen Zeigefinger gekrümmt auf die Oberlippe, den Daumen unter sein kantiges Kinn und heftet sein Augenmerk auf die Verunstaltung.

»Ich mache doch keinen Kampfsport«, empört sich Janina und stützt beide Hände in die Seiten, um ihrer Äußerung Nachdruck zu verleihen.

»Sollten Sie auch nicht. Es kann bei Sportarten dieser Art immer passieren, dass es zu einem unvorhergesehenen, ungeschickten Auftreffen auf empfindliche Körperregionen kommt, was verheerende Folgen haben kann.« Seine Warnung klingt fast, als hätte er sich entschuldigen müssen für seine Annahme, die optischen Unregelmäßigkeiten in der Brust könnten durch Gewalteinwirkung entstanden sein.

»Glauben Sie, Sie bekommen das wieder hin? Ich meine, dass ich wieder ein schönes Dekolleté habe?« Mit hängenden Schultern und unschuldigen Mädchenaugen blickt Janina Dr. Forman an.

»Natürlich. Vertrauen Sie mir«, versichert er ihr, wohlwissend, dass nach einen solchen Vorfall wahrscheinlich kein Patient gerne ein zweites Mal diesen Schritt vertrauensvoll gehen möchte.

»Oh, das habe ich schon mal gehört«, bestätigt Janina seine Vermutung.

»Ich kann Sie verstehen, wenn einmal etwas nicht so läuft, wie man es sich erhofft hat, tut man sich mit all den nachfolgenden

Schritten ziemlich schwer.« Er wendet seinen Blick zur Seite, als trüge er selbst die Verantwortung für das Malheur.

»Sie sagen es«, bestätigt Janina seine Auffassung mit einem verächtlichen Schnaufen durch die Nase. »Wie wollen Sie vorgehen, dass die Operation diesmal von Erfolg gekrönt ist?«

Etwas zögernd verschränkt Dr. Forman seine Arme vor der Brust und legt seinen Kopf nachdenklich zur Seite. »Ich werde die Implantate unter den Muskel setzen«, entschließt er sich nach einer kurzen Bedenkzeit und reibt seinen Zeigefinger unter der habichtförmigen Nase. »Nach Ihrer Schwangerschaft haben Sie viel Brustgewebe eingebüßt. Da sind Sie kein Einzelfall. Nach der Stillzeit verbleibt oft, verzeihen Sie mir den Vergleich, ein schlaffer, nahezu leerer Hautbeutel zurück.« Fast verlegen schaut er aus dem Fenster, um ihrem Blick nicht beggnen zu müssen.

»Sie erzählen mir ja nichts Neues. Ich sehe mein Dilemma. Täglich.« Janina sieht reumütig auf ihr seitliches Spiegelbild. »Und nun noch diese verflixte Beule. Und überhaupt! Es sieht jetzt aus, als hätte ich zwei Tennisbälle vor die Rippen geschnallt. Furchtbar!« Voller Abscheu deutet sie mit weit ausholenden Zeigefingern auf das stramme Gewebe. »Ich hasse diese Beule. Ich verabscheue meinen Busen. Was ist da bloß passiert?« Sie fühlt, wie sich ihre Tränen heftig einen Weg zum Auge bahnen.

Dr. Forman versucht beruhigend auf sie einzuwirken. »Sie sind in Ihrer Situation, wie gesagt, kein Einzelfall. Die Implantate haben sich verkapselt.« Zur Veranschaulichung formt er mit seinen Fingern in Augenhöhe einen Kreis. »Eine feste Bindegewebskapsel schnürt die Implantate quasi ein.« Er schiebt die Hände etwas ineinander, um den Durchmesser zu verringern. »Stellen Sie sich vor, Sie füllen einen kleinen Luftballon mit Wasser und verschließen ihn.« Er hält einen imaginären Ballon in seiner geöffneten Hand. »Dann schließen Sie Ihre Hand, ganz langsam, aber immer weiter.« Wie gebannt starren beide auf seine Hand, dessen Finger sich wie Spinnenbeine langsam um ein unsichtbares Opfer schließen. Nach einer Weile pressen sich seine Fingernägel in seine Handfläche. »Sehen Sie? Jetzt wäre der Moment gekommen, in dem sich das Wasser im Ballon seinen Weg durch die Finger suchen würde.« Janina schaut Dr. Forman ungläubig an. »Stellen Sie sich vor, meine Hand ist Ihr Bindegewebe und in ihr liegt das Implantat, gerade so, wie unser eben erdachter, mit Wasser gefüllter Ballon. Genauso, wie sich die Flüssigkeit im Ballon seinen Weg durch die Finger der sich schließenden Hand nach außen suchen würde, genauso hat sich das Implantat eine Lücke durch das immer fester werdende Bindegewebe gesucht. Dieser innere Riss kann nicht heilen, weil sich das Volumen des Implantates ja nicht verringert hat.«

Ärgerlich und enttäuscht über diese Erklärung, die so ganz und gar keine akzeptable Lösung in Aussicht stellt, ahmt Janina seine umgreifende Handbewegung um das virtuelle Implantat abfällig nach. »Ja und? Meinen Sie vielleicht, das ändert etwas an meiner Situation?« Sie winkt verächtlich ab und verschränkt ihre Arme trotzig vor ihrer Brust.

»Ich kann Ihren Unmut verstehen und ich will die Geschichte auch nicht schönreden, ich versuche nur, den Werdegang dieses Fauxpas zu verdeutlichen«, versucht Dr. Forman seine Patientin zu besänftigen. »Um dem Gewebe mehr Festigkeit zu verleihen, damit eben genau das nicht wieder passiert«, Dr. Forman deutet mit seinem Finger ohne Umschweife auf die Vorwölbung des Implantats, »werde ich bei der Auswechselung der Implantate bei der jetzt anstehenden Operation, dieses Mal beide *unter* den Brustmuskel setzen.« Mit ernstem Blick forscht Dr. Forman in Janinas Gesicht nach einer Reaktion.

»Warum hat man das denn nicht gleich so gemacht? Dann hätte ich mir diesen Mist doch ersparen können«, beschwert sich Janina desillusioniert und wendet sich jetzt frontal ihrem Spiegelbild zu.

»Das liegt im Ermessen des Operateurs. Ich gehe davon aus, dass er vor der Operation sicher beide Varianten mit Ihnen besprochen haben wird.« Er legt mit diesen Worten seine Hände wie ein Geistlicher gefaltet vor seinen Bauch. *Wusste ich's doch.*

Irgendwie halten doch alle zusammen. Man hat als Patient einfach keine Chance.

»Was glauben Sie, was mir alles erzählt worden ist. Ich habe doch kein Aufnahmegerät dabei gehabt«, empört sich Janina.

Dr. Forman begibt sich wieder zu seinem Schreibtisch. »Ich kann und will für niemanden Partei ergreifen. Sie können sich zunächst einmal wieder anziehen.« Er weist mit einer Handbewegung auf die Umkleidekabine. »Ich kann Ihnen nur anbieten, dass wir versuchen, das bestmögliche kosmetische Ergebnis wieder herzustellen. Die Entscheidung treffen letztendlich Sie.«

Während Janina sich wieder ankleidet, notiert Dr. Forman das weitere Vorgehen eifrig auf der Tastatur tippend in seinen Computer.

»Ich werde noch ein bisschen Zeit brauchen, um darüber nachzudenken«, erbittet Janina sich ein wenig Aufschub.

»Selbstverständlich, wenn Sie es wünschen, trete ich gerne wegen der anfallenden Kosten mit ihrer zuständigen Krankenkasse in Verbindung. Vielleicht kann ich etwas für Sie tun«, lockt Dr. Forman wie beiläufig mit dieser Botschaft, während er sich unbeirrt weiter seiner Tastatur widmet.

Janina hält einen Moment inne, bevor sie hinter dem Vorhang hervortritt. »Das würden Sie für mich tun?«

Mit einem strahlenden, aufrichtigen Lächeln dreht er sich mit seinem Chefsessel in ihre Richtung und nickt ihr zu. Für einen kurzen Moment der Ewigkeit blickt sie ihm unverwandt in seine Augen, betrachtet seine sichelförmige Nase und verweilt auf seinem markanten Kinn. Sekundenlang scheint ihr sein Gesicht sonderbar vertraut, so, als habe sie es irgendwo schon einmal gesehen.

Dann klingelt das Telefon und Janina zuckt zusammen.

»Ach, hallo, Shandor, du, ich rufe dich gleich zurück.« Dr. Forman unterbricht freundlich das Gespräch, um abschließend mit Janina einen weiteren Termin zu vereinbaren.

Es nützt ja nichts. Traurig schaut Janina an sich herunter. *Ich mag das gar nicht sehen, schon gar nicht anfassen.* Mit einem tiefen Seufzer schlägt sie das Merkheft auf. *Tasten Sie im Stehen Ihre Brust mit allen Fingern der flachen Hand im Uhrzeigersinn ab.* Sie betrachtet im Spiegel, wie ihre Hand tastend die Brust erforscht. *Wenn ich das sehe, irgendwie war alles umsonst. Warum ist mir kein schöner, gleichmäßig geformter Busen gegönnt? Eigentlich hätte ich alles lassen können. Ein D-Körbchen, ein C-Körbchen. Tolles Ergebnis. Es sah am Anfang auch nicht schlimmer aus.* Ihr Blick fällt wieder auf das Heft, das sie mit der linken Hand geöffnet auf dem Waschbecken hält, damit es nicht selbstständig wieder zufällt. Zufrieden wechselt sie die zu untersuchende Brust und durchläuft die Anleitung erneut. *Legen Sie sich nun auf den Rücken und wiederholen Sie das Abtasten beider Brüste, wie in Abbildung 3 und 4 beschrieben.* Janina tut, wie ihr angeraten wird, und legt sich auf den Badezimmerteppich. *… ob aus den Brustwarzen Flüssigkeit austritt …* *An was man alles denken soll.* Janina schaut an die vertäfelte Decke und tastet sich um ihre Brust herum. *Fühlen Sie irgendwelche Veränderungen?*, wiederholt sie gedanklich den Text. *Lieber noch mal.* Etwas irritiert tasten die Finger ihrer rechten Hand noch einmal den Bereich am äußeren Brustrand ab, der der Achselhöhle am nächsten ist. *Was ist das denn jetzt schon wieder? Ist da schon wieder etwas kaputt gegangen? Ich werd verrückt.* Ungläubig kräuselt sie ihre Stirn. *Das fühlt sich jetzt aber irgendwie anders an. So klein. Und fest. Scheiße, was ist das?*, fragt sie sich und erhebt sich langsam wieder. Vor dem Spiegel schaut sie auf ihre linke Brust, hebt den linken Arm über den Kopf und ertastet erneut die verhärtete Stelle. *Hätte ich vielleicht lieber nicht tasten sollen?*

»Praxis Dr. Heilmann, Ehrlich, guten Tag«, meldet sich eine freundliche Stimme am anderen Ende der Leitung.

»Guten Tag, Krone ist mein Name. Ich hätte gerne einen Termin zur Vorsorgeuntersuchung«, entgegnet Janina, während sie mit der linken Hand in ihrer Schublade nach einem Kugelschreiber forscht.

»Gerne. Können Sie auch vormittags?«, fragt die sympathische Dame, während man im Hintergrund eine melodische Türglocke hört. Ein dezentes Summen schließt sich an, dem akustisch das Öffnen einer Tür folgt. Kurz darauf ist die laute Stimme einer Frau zu hören, die offenbar ihr Kind anweist, sich die Füße abzutreten.

»Das könnte ich mir einrichten. Wann könnten Sie mir einen Termin anbieten?« Janina raschelt immer noch zwischen den vielen Zetteln, die dem Inhalt der Schublade das gewisse Flair einer sehr lange nicht beachteten Ablage verleihen.

»Am 20. September, 10.30 Uhr«, kommt der Vorschlag, während durch das Telefon das eifrige Umblättern von Papierseiten hörbar wird.

»Das ist mir eigentlich zu spät. Wissen Sie, ich habe da einen kleinen Knoten in meiner Brust ertastet. Ginge es auch eher?«, gibt Janina zu bedenken und kräuselt sorgenvoll ihre Stirn.

»Wir hätten noch etwas am Donnerstag. Da hat jemand abgesagt. Das wäre dann allerdings gleich um 8.00 Uhr«, schlägt die Praxishelferin vor.

»Das ist mir lieber«, entgegnet Janina erleichtert und schaut nachdenklich an ihrer Brust hinunter. »Wissen Sie, man macht sich ja doch ein wenig Sorgen«, schiebt sie dankbar hinterher, ihren Blick immer noch auf ihr Dekolleté geheftet.

»Das kann ich gut verstehen. Ich notiere dann den Termin für Sie. Denken Sie bitte an Ihre Versichertenkarte und an eine Überweisung«, mahnt sie in weiser Voraussicht höflich, aber bestimmt.

»Das werde ich ganz gewiss«, verspricht Janina. »Vielen Dank.« Mit zitternden Fingern notiert sie sich im Kalender den Tag, der ihr die Wahrheit bringen wird. Wie in Zeitlupe legt sie das Telefon auf den Tisch und starrt gebannt in die dunkle Zimmerecke.

»Guten Morgen, Herr Doktor«, begrüßt Janina ihren Gynäkologen und schaut in vertraute, freundliche Augen.

»Ich grüße Sie, Frau Krone. Sie kommen zur Vorsorge?«

Mit ihren Gedanken schon bei ihrem Hauptanliegen lässt sie die obligatorische Frage an ihren Ohren vorbeirauschen. »Ja«, antwortet sie zögernd, »auch«, und beißt sich verlegen auf die Unterlippe. »Sie hatten mir doch den Flyer mitgegeben, wie man selber am besten die Brust untersucht. Das habe ich getan und nun habe ich einen Knoten ertastet. Einen ganz kleinen. In meiner linken Brust.« Sie schaut ihn mit großen, ungeduldigen Augen an, so, als erwarte sie eine prompte Lösung für ihr Problem.

»Einen Knoten? Zeigen Sie doch mal.« Er bittet sie mit einer formellen Geste zur Umkleidekabine. »Legen Sie bitte ab, ich möchte es mir ansehen.«

Wie in Trance folgt sie seiner Aufforderung und begibt sich schwerfällig mit gesenktem Kopf hinter den Vorhang. Die Reißverschlüsse ihrer Stiefel surren in kurzen Abständen, dann hört man das Klacken von Absätzen auf dem Laminatfußboden. *Soll ich schon, oder noch nicht?*, denkt sie sich, als sie den Knopf des Hosenbundes öffenen will. *Vielleicht will er ja erst nur abtasten. Und ich muss mich nachher erst freimachen. Ach, Quatsch, es nützt ja nichts, ich komme ja doch nicht darum herum.* Sie öffnet den Knopf an ihrer Jeans und zieht den kurzen Reißverschluss hinunter. *Ich komme wohl nicht drumherum, ich muss da durch.* Sie zieht erst ein Bein aus der Hose, setzt sich auf den dreibeinigen Hocker, streift dann die Hose komplett ab und lässt sie auf dem Boden liegen. Sie erhebt sich wieder, ihre Daumen fassen in den Gummizug des Slips. Sie zögert, schaut gegen den Vorhang, als könne Dr. Heilmann sie da hindurch beobachten. Dann schiebt sie die Hose über das Gesäß und schlüpft mit den Beinen durch die Löcher, die Knie verlegen aneinandergedrückt. *Sie ist neu. So ein Blödsinn. Ich habe extra neue Unterwäsche gekauft.* Umständlich und verlegen stapelt sie ihre Bekleidung auf dem kleinen Regal. *Die Socken lasse ich an. Wie erotisch.* Sie zieht spielerisch ihre Zehen hoch.

»Lassen Sie sich Zeit, wir haben keine Eile«, hört sie hinter dem Vorhang die erinnernde Stimme von Dr. Heilmann, der an seinem Schreibtisch auf ihr Erscheinen wartet.

»Es ist doch schon merklich kühler geworden«, entschuldigt sie sich. »Ich habe heute einfach die verkehrte Kleidung angezogen.« Sie nestelt konzentriert die Knöpfe ihrer Bluse aus den Knopflöchern. Gehetzt zieht sie die Bluse von ihrem Körper und wirft sie mit auf links gedrehten Ärmeln auf das Regal. Mit einem metallischen Schaben, verursacht durch die silberfarbenen Ösen auf der Schiene, schiebt sie den Vorhang zur Seite und tritt verlegen aus der Kabine.

»Kommen Sie«, bittet Dr. Heilmann Janina mit einer aufmunternden Handbewegung zu sich. »Zeigen Sie mir doch einmal genau, wo Sie das Knötchen ertastet haben«, ersucht er sie um ihre Mithilfe.

»Hier.« Janina hebt den linken Arm über ihren Kopf und fährt mit dem rechten Zeige- und Mittelfinger am äußeren Rand der Brust entlang. In Höhe der Achselhöhle spürt sie das verhärtete Gewebe und verharrt mit fragendem Blick. »Er ist nur ganz klein.« Sie zieht die linke Augenbraue hoch. »So wie ein Streichholzkopf.«

Dr. Heilmann reibt seine Hände warm. »Entschuldigen Sie, ich mag Sie gar nicht berühren. Es wird hier heute einfach nicht warm. Ich will Sie nicht erschrecken.« Er faltet seine Hände und reibt die Handflächen aneinander.

»Das ist schon in Ordnung. Ich bin ja darauf gefasst.« Janina holt tief Luft, als wolle sie sich auf einen Schrei vorbereiten. Dann stockt sogleich ihr Atem, als seine Hand auf ihrer Brust in Richtung ihrer positionierten Finger gleitet.

»Ich übernehme mal«, scherzt er und tastet sich an die Stelle, die sie mit ihren Fingern markiert. Mit einem nachdenklichen Nicken bestätigt er ihren Fund, tastet weiter und schweigt zunächst. Dann zieht er seine Hand zurück und legt die Fingerspitzen beider Hände aneinander. Wie in Zeitlupe lässt sie ihren linken Arm wieder an ihrem Körper hinabgleiten. »Ja, ich fühle auch etwas. Sehr, sehr klein. Ich denke, wir sollten da einmal nachsehen«, schlägt er fast beiläufig vor. »Machen Sie sich keine Sorgen, ich werde Sie zum Röntgen schicken. Dann haben Sie ganz schnell Klarheit«, flötet er, fast so, als wolle er ihr jeglichen Grund zur Besorgnis nehmen.

»Sie meinen zur Mammografie?«, fragt Janina. »Ich trage Prothesen«, gibt sie kleinlaut zu. »Da sieht man nichts. Das habe ich schon mal erfahren. Bei einem Mammographiescreening«, fügt sie schnell hinzu, als wollte sie die Prothesen unsichtbar machen.

»Prothesen?«, fragt Dr. Heilmann ungläubig.

»Nun ja, Implantate, sollte ich wohl besser sagen.« Sie wird ein wenig verlegen und senkt den Kopf, in der Hoffnung, Dr. Heilmann entgeht ihre aufsteigende Hitze. »Das hört sich netter an.« Sie hatte gehofft, ihre ungeliebten Mitbringsel aus der Vergangenheit verschweigen zu können. Aber nun lagen sie bloß, nackte Tatsachen. Ihr Blick wandert verlegen auf seinen Schreibtisch. *Da steht es, das Familienfoto: eine strahlende Frau, jung, hübsch, eine Tochter, ein Sohn. Die perfekte Familie. Er sieht attraktiv aus. Vielleicht ist er ein wenig zu freundlich. Zu charmant.* Sie spürt, wie sie sich seinen Blicken am liebsten entzöge. »Man kann es drehen, wie man will. Sowohl beide Begriffe, als auch beide Ergebnisse sind ziemlich unschön«, versucht sie wieder klaren Kopf zu gewinnen.

»Sie sind nicht zufrieden?«, erkundigt sich Dr. Heilmann, sein wahres Urteil diskret für sich behaltend.

»Nein, ganz und gar nicht. Wenn ich den Schritt rückgängig machen könnte, würde ich es sofort tun.« Janina blickt ihm dabei entschlossen ins Gesicht und fühlt sich wie in einen Bann gezogen, als würde sich in seinen tiefbraunen, fast kupferfarben schimmernden Augen ein Sog entwickeln, der sie in die Tiefe zieht. »Sie sind bereits repariert und jetzt zwar rund, aber unterschiedlich groß und hängen immer noch.« *Dr. Heilmann ist nett, aber n u r nett,* mahnt sie sich zur Raison, während ihr Blick sein Gesicht wieder verlässt. *Er hat einen ganz besonderen Charme.* Janina ertappt sich, als ihre Gedanken erneut abschweifen.

»Das ist ein Schritt, den man sich wirklich gut überlegt haben muss«, mahnt Dr. Heilmann.

Janina nickt beklommen und fühlt ein seltsames Prickeln in der Magengegend. *Ich kenne ihn doch eigentlich gar nicht richtig*, überlegt sie, als sie resümiert, dass sie sich nach langer Bedenkzeit entschlossen hat, ihren bisherigen Gynäkologen nach vielen Jahren des Vertrauens zu wechseln. Ein Schritt, der ihr nicht leicht gefallen ist, zumal einem Mediziner dieser Fachrichtung tiefste Einblicke in körperliche Geheimnisse gewährt werden. *Kann ich ihm auch so vertrauen, wie Dr. Semrat?*

»Irgendwie handeln muss ich nun wegen der Sache ja.« Sie spielt auf den ertasteten Knoten an. Die Gesundheitsreform hat sie zu diesem Entschluss bewogen. Vielleicht auch ein wenig Trotz. *Es liegt im Ermessen des Arztes, wem ein kostenfreier Gesundheitscheck aus seinem Budget zuteil wird. Wie krank muss man werden, damit manche Untersuchung noch gerechtfertigt ist?* Seither beschäftigt sie dieser Gedanke. *Mit meinen Myomen in der Gebärmutter lebe ich schon seit vielen Jahren friedlich zusammen. Doch was, wenn mal eins davon bösartig wird?* Es bleibt für sie unverständlich, warum bei ihr in letzter Zeit immer erst auf mehrmaliges Nachfragen die sonst üblichen Routineuntersuchungen weiterhin gebührenfrei durchgeführt wurden. Sie wollte sich nicht länger als Bittstellerin sehen. Jetzt schwankt sie zwischen Handeln und Kapitulation.

»Ich bin überzeugt, dass Sie hinterher wieder strahlen werden«, scherzt Dr. Heilmann und legt vertrauensvoll seine Hand auf ihre Schulter.

Und nun soll ich jedes Mal dafür bezahlen, wenn ich sehen möchte, ob sie sich verändert haben? Die Enttäuschung über ihren bisherigen Frauenarzt sitzt tief, sie nickt abwesend und lächelt freundlich zurück. *Was muss die Krankenkasse denn erst aufwenden, wenn eine Operation deswegen fällig wird? Da kann sie doch lieber die Prophylaxe finanziell unterstützen*, denkt sich Janina und sieht traurig auf ihre Brust hinunter. *Es war bestimmt die richtige Entscheidung, zu Dr. Heilmann zu gehen*, überlegt sie sich und registriert, dass die Wärme seiner Hand inzwischen deutlich auf ihrer Schulter spürbar wird. *Er ist schließlich nicht so fordernd wie Dr. Semrat*, erinnert sich Janina. *In seiner Praxis hatte man schon an der Anmeldung eine Zahlungsverpflichtung zur Unterschrift vorgelegt bekommen. Klar, erst mal abzocken. Es gibt ja genug, die sich leicht überreden lassen.* Kaum merklich beißt sie zornig die Zähne aufeinander. *Und schon hat man eingewilligt, dass man die Kosten für die Ultraschalluntersuchung selbst trägt. Man will ja schließlich auf Nummer sicher gehen.* Sie erinnert sich an Dr. Semrats Praktiken, einem schmalen Budget entgegenzuwirken. *Und wenn die Unterschrift nicht geleistet würde, käme die kostenpflichtige Untersuchung erst gar nicht mehr zum Tragen.* Sie spürt, wie die Wärme seiner Hand von ihrer Schulter weicht. *Sicher, er hat sie dann schließlich doch immer durchgeführt, die Untersuchung der Gebärmutter. Zwar widerwillig, aber auch ohne Privatabrechnung.* Janina ruft sich seine wiederholte Frage nach ihrem Beruf ins Gedächtnis. *Aber diesen Kampf immer wieder aufs Neue ausfechten? Arbeitslos. Man mag es gar nicht sagen. Hausfrau. Hört sich einfach besser an. Kommt aber manchmal aufs Gleiche hinaus. Aber welche Hausfrau ist schon arbeitslos? Kein Geld für die Untersuchung. Mitleidspatientin. Dr. Heilmann ist da ganz anders*, überzeugt sie sich selbst und nickt entschlossen.

»Ich werde Sie in dieses Programm aufnehmen«, bietet er großzügig an. »Sie sind jung, da erhalten Sie die größtmögliche Vorsorgequalität«, verspricht er Janina, als er von ihrer Problematik erfährt.

So mühelos kann es gehen, denkt Janina. *Gut, dass ich gewechselt habe. Geht doch!* Sie spürt seinen fixierenden Blick auf ihrer Brust. Instinktiv schiebt sie ihre Schultern nach vorne und wünscht sich im Boden zu versinken.

»Wo haben Sie sich operieren lassen?«, erkundigt er sich mit sichtlichem Interesse.

»In Hamburg. Da war ich das erste Mal«, gibt sie wahrheitsgemäß an. »Beim zweiten Mal in Rostock. Ein drittes Mal wird es nicht geben. Eher lasse ich sie ganz amputieren«, schimpft Janina verbittert über sich selbst in den Raum.

»Fehler sind da, um aus ihnen zu lernen. Aber das tröstet Sie im Moment nicht«, versucht Dr. Heilmann seinen vorschnellen Rat zu entschärfen. »Verzeihen Sie.« Er nimmt für den Bruchteil einer Sekunde vertrauensvoll ihre Hand, um sie lächelnd in seine zu legen. »Wir nehmen noch den Abstrich und dann können Sie sich auch gerne schon wieder anziehen.«

Wie warm seine Hand jetzt ist, denkt Janina und erinnert sich mit Entsetzen an diesen schrecklichen Stuhl, der ihre intimsten Geheimnisse preisgibt.

»Setzen Sie sich bitte so weit wie möglich vorne auf die Kante.« Er weist auf das mit Einwegpapier ausgelegte Sitzpolster und nimmt mit gespielter Beiläufigkeit in der Zwischenzeit ein großes Wattestäbchen in die Hand. Mühsam verlegen schiebt sie sich mit gesenktem Kopf vor die Sitzfläche. Sie betritt die metallene Stufe und stützt sich rückwärtig mit ihren Händen auf die Stuhlkante. Ihr Gesäß findet auf dem schmalen Polster Platz und seine Hand führt ihren Rücken vorsichtig auf die schräg nach hinten gestellte Lehne. Umständlich versucht sie nun halb liegend ihre Hände, die ihr in diesem Moment völlig überflüssig erscheinen, irgendwo zu platzieren.

»Rutschen Sie ruhig noch ein Stück vor.«

Noch ein Stück weiter auf dem grässlichen Präsentierteller, hämmern die Gedanken in ihrem Kopf. Sie legt sich voller Scham in die von ihr als so schrecklich empfundene Position.

»Wenn Sie das rechte Bein dann bitte hier rauflegen.« Er deutet mit seiner Hand auf die kalte, hochgestellte Metallschale, in der ihr Unterschenkel gleich unwiderruflich den ersten Akt dieses ihr ungeliebten Schauspiels eröffnen wird.

Ich habe es nie vergessen. Das Blut pocht in ihrem Schädel.

»Und das andere dann dort vorne.«

Wie gelähmt zwingt sie mit angespannten Muskeln ihren linken Unterschenkel auf das unerbittliche, kalte Metall.

Das Schiff. Die Schmach. Blutjung. Blau quellen ihre Adern an den Schläfen hervor. Wie paralysiert versucht sie sich zu zwingen, diese verführerische Stellung, die ihre weiblichen Reize schamlos darstellt, beizubehalten.

Sie versucht über ihren Schatten zu springen, um wieder klare Gedanken zu fassen. *Ein liebevoller, fast väterlicher Blick,* stellt sie verlegen fest, als sie für einen Moment zu ihrem Schambereich hinabschaut und ein weiteres Mal von seinen fesselnden Augen, die von vielen winzigen Fältchen umgeben sind, gefangen wird. *Er zeigt gar keine Scham.* Janina versucht sich abzulenken und sieht an die Decke. *Warum auch, er sieht das ja schließlich tagtäglich.* Ihre Augen mustern die farbenfrohe Landschaft, die Blumen pflückenden Kinder auf dem Deckengemälde. *Naive Malerei. Bunt. Verspielt.* Sie zählt die Margeriten auf der Wiese. *Was er wohl denkt, wenn er sich abends seiner Frau nähert?* Plötzlich quillt Ekel in ihr hoch. *Blutjung war ich.*

»Wir werden zur Sicherheit noch eine Ultraschalluntersuchung durchführen.«

Das auch noch. Janinas Augen weiten sich, obwohl sie doch genau auf diese Untersuchung angewiesen ist. *Die Myome interessieren mich überhaupt nicht mehr. Ich will runter von diesem Scheißstuhl. Raus aus dieser verdammten Lage. Weg.* Dr. Heilmann zupft einen Fingerling aus der Pappschachtel und greift zu dem weißen, abgerundeten Stab. *Wie hatte er es tun können? Wie die Situation so schamlos ausnutzen?* Ihre Gedanken überschlagen sich. Angewidert beobachtet sie aus dem Augenwinkel, wie das Gummi schnalzend heruntergerollt wird. Diskret greift Dr. Heilmann in einen runden Behälter und entnimmt mit seinen Fingern eine milchig-cremige Substanz. *25 Margeriten. 26.* Mit schnellen, sicheren Bewegungen überzieht Dr. Heilmann den dünnwandigen Fingerling mit der Gleithilfe. Janina schaudert es bei dem Gedanken.

»Ich drehe den Monitor etwas zu Ihnen, dann können Sie mitschauen.« Mit festem, aber dennoch vorsichtigem Griff, den Blick zum Bildschirm gerichtet, führt er zielsicher den Ultraschallstab langsam in ihren Schoß. Die Gleitcreme erlaubt ihm ein schnelles Eindringen und er schiebt das Untersuchungsgerät tief in ihre Vagina. »Sehen Sie, hier ist der rechte Eierstock.« Dr. Heilmann tippt mit seinem linken Zeigefinger auf den Monitor.

»Ja, ich sehe«, gibt sie vor und beobachtet die undefinierbaren grau-weißen Gebilde. Während Dr. Heilmann konzentriert die weiteren Abbildungen verfolgt, schaut sie verlegen an sich herunter. Sie sieht seine kräftige Hand, die vorsichtig forschend den Stab führt. Mit weichen Bewegungen, ortet Dr. Heilmann die Myome. Peinlich berührt verfolgt Janina, wie die Knöchel seiner wohlgeformten Hand hervortreten, als er den Stab fester umgreift. »Hier, an dieser Stelle ist eines der Myome«, führt er unbeirrt fort und setzt Markierungen auf dem Bildschirm, die die Größe der Muskelgewebsgeschwulst dokumentieren.

Janina schwankt zwischen Unsicherheit und Interesse. »Sind es mehr geworden?« Sie wendet sich mit besorgtem Blick wieder dem Bildschirm zu.

»Nein, verglichen mit Ihrer Anamnese sind es nach wie vor drei. Aber wir werden sie regelmäßig im Auge behalten.«

Befangen zieht sie ihre Arme zum Oberkörper und bedeckt unbeholfen ihr Dekolleté.

Er strahlt sie mit siegessicherem Lächeln an. »Und wegen der anderen Geschichte machen Sie sich mal keine Sorgen.« Dann zieht er den schlanken, weißen Stab feinfühlig heraus, entfernt mit einer schnellen Handbewegung den Gummischutz und wirft ihn in den Papierkorb. Sang- und klanglos waren sie wieder getrennt und die Relikte im Müll gelandet. »Ziehen Sie sich ruhig wieder an.«

Wie von einem Katapult geschossen schwingen sich ihre Beine aus den harten Metallschalen. Mit einer unterstützenden Bewegung, schiebt sich seine Hand zwischen ihren Rücken und die Lehne des Untersuchungsstuhls. Dankbar nimmt Janina seine Hilfestellung an. Vorsichtig ertastet erst ihr rechter, dann der linke Fuß die metallene Stufe und danach den sicheren Boden. Mit einer ihr Gesäß bedeckenden Handbewegung schleicht sie seitwärts in Krebsmanier blitzschnell hinter den Vorhang.

»Kommen Sie noch kurz zu mir, dann gebe ich Ihnen die Überweisung für die Magnetresonanzmammografie.«

Die Praxishelferin räumt die Spuren der Behandlung fort und desinfiziert den Stuhl für die nächste Patientin. Hektisch bedeckt Janina ihre unbekleideten Körperregionen in umgekehrter Reihenfolge wieder mit den entsprechenden Textilien aus dem kleinen Ablageregal und schwört, als sie beim letzten Kleidungsstück mit fahrigen Fingern die Geduld verliert, zum nächsten Termin geeignetere Garderobe auszuwählen. *Nächstes Mal werde ich einen Pullover tragen*, nimmt sie sich vor. *Nie wieder so viele Knöpfe.* Nachdem sie die Knopfleiste umständlich geschlossen hat, stellt sie zu allem Überfluss fest, dass für den obersten Knopf kein Loch mehr übrig ist, der untere linke Blusenzipfel dafür nun um eine Knopflochlänge weiter nach unten ragt. Nervös spürt sie, dass ihre Rückenpartie im Lendenbereich unangenehm feucht wird. Mit eiligen Fingern trennt sie die Knöpfe wieder von den Löchern, um noch einmal von unten beginnend die Leiste zu schließen. Mit der Jacke in der Hand – *Die kann ich auch später anziehen, nur keine Zeit verlieren* – hastet sie eilig zum Schreibtisch, an dem Dr. Heilmann bereits eifrig seinen Befund in den Computer tippt. *Schaut sie mich jetzt nachdenklicher an?* Janina betrachtet abermals das Foto auf seinem Schreibtisch. *Frauen wissen, was Frauen denken*, gesteht sie sich schuldbewusst ein. *Bestimmt hat er sie damals auch mit seinem Blick gefangen genommen. Sanft wird sie sich seiner Umarmung hingegeben haben. Dann kam der Traualter. Kinder. Alltag.*

»Wenn Sie in diesem Quartal keinen Termin mehr bekommen sollten, sagen Sie Bescheid. Ich stelle Ihnen dann eine neue Überweisung aus«, bietet er Janina an und reicht ihr das Formular.

»Das ist sehr nett. Ich rufe morgen gleich an«, versichert sie ihm, während ihre Augen nicht von dem Foto weichen. *Habe ich sie jetzt mental betrogen?* Sie spürt, wie sich in ihrem Inneren warme Cremerückstände ihren Weg in die Freiheit suchen. *Ist das Foto nur ein Alibi?* Mechanisch schlägt sie ihre Beine übereinander. *War das eine Vergewaltigung mit Einwilligung?* Ihr Blick erstarrt zu Eis. *Seine Augen verraten keine Gefühlsäußerung.* Er erhebt sich höflich von seinem Stuhl und reicht ihr seine Hand.

»Wir hören voneinander.« Aufmunternd nickt er Janina zu. »Alles Gute.« Normalerweise würde sie jetzt ein halbes Jahr Zeit haben.

»Danke. Drücken Sie mir die Daumen«, bittet sie, um einfach noch irgendein belangloses Wort mit ihm zu wechseln.

»Das will ich gerne tun.« Seine geheimnisvollen, mit einem eigentümlichen Hauch von rotbraunem Kupfer versehenen Augen strahlen wie dunkle Karneole.

Bald ist sie wieder hier.

»Sie brauchen sich keine Sorgen zu machen. So weit wir das beurteilen können, handelt es sich bei Ihrer Gewebsveränderung um ein Fibroadenom, bei dem kein akuter Handlungsbedarf besteht. Es ist durchaus ausreichend, wenn Sie in einem halben Jahr zur Kontrolle wiederkommen. Wir schicken Ihrem Arzt einen Bericht.« Dr. Rader erklärt Janina die punktförmige Aufhellung auf dem Röntgenbild.

»Da bin ich aber richtig froh.« Sichtlich erleichtert schaut Janina auf den neonbeleuchteten Bildschirm, auf dem die Schichtaufnahmen ihrer Brust zur Betrachtung fixiert wurden.

»Wir sind spezialisiert auf dieses Gebiet, wir beurteilen so etwas täglich, seien Sie ganz beruhigt.«

Fast freudestrahlend erhebt sich Janina und reicht Dr. Rader die Hand zum Abschied. »Dann komme ich in einem halben Jahr wieder. Auf Wiedersehen.«

Mit einem sachlichen, aber freundlichen Gruß verabschiedet Dr. Rader Janina aus dem Sprechzimmer.

Strahlend betritt Janina das Café, um ihrer Freundin, die dort auf sie wartet, die positive Neuigkeit mitzuteilen.

»Und wenn das nun irgendwann bösartig wird?« Nach einer kurzen Begrüßung gibt Lena besorgt ihre Bedenken einer sichtlich erleichterten Janina preis.

»Die haben gesagt, das kann nicht passieren. Dann sähe das so schon anders aus.« Voller Zuversicht streift sie sich den Mantel von den Armen und hängt ihn über die Stuhllehne.

»Ich bin da immer ein bisschen skeptisch.« Lena gibt ihre Besorgnis zu bedenken.

»Ich weiß, das warst du ja schon immer. Aber denk mal an meine anderen Erfahrungen, die ich in puncto Fehldiagnose schon hinnehmen musste. Ich kann mich noch gut daran erinnern, als ich nach dem Blutspenden mal so eine Hiobsbotschaft bekommen habe.«

»Ach, du meinst die AIDS-Geschichte?« Lena zieht eine Augenbraue hoch.

»Ganz genau. Und dann kam irgendwann nach einer weiteren Untersuchung viel später die Entwarnung: *Machen Sie sich keine Sorgen, Frau Krone, es ist alles in Ordnung, war nur zur Sicherheit. Manchmal sind sich Viren sehr ähnlich.* Da habe ich tagelang Blut und Wasser geschwitzt, beim ersten Mal. Aber woher hätte ich das haben sollen? Vom Mückenstich?« Lena erinnert sich sehr deutlich an die Aufregung, die damals herrschte. »Und dann ein Jahr später, genau dasselbe Theater noch einmal. Wieder alles stehen und liegen lassen. Wieder eine Woche banges Warten. Und dann genau derselbe Ausgang. *Och nöö, war doch nur wieder so ein ähnliches Virus.* Du, ich nehme nicht mehr alles sofort für bare Münze. Wenn ich allem immer gleich Glauben geschenkt hätte, wäre ich vermutlich schon tot.« Janina greift zur Speisekarte.

»Du hast schon recht, aber vorsichtig wäre ich in diesem Fall doch schon.« Lena lässt nicht locker.

»Und dann die Geschichte mit dem Leberfleck am Ohr. Kannst du dich noch daran erinnern? Als man mir damals sagte, dass wären sehr, sehr verdächtige Zellen, habe ich doch schon gedacht, ich hätte nur noch eine Woche zu leben. Nee, nee, mit mir nicht mehr so schnell.« Janina bestellt sich ein Glas Tee.

»Ja, das stimmt, das war auch eine ganz blöde Geschichte. Da hieß es ja auch erst, das sind bösartige Zellen. Du warst ganz schön fertig.« Lena bedauert Janina im Nachhinein erneut.

»Und als es dann hieß, es muss großflächig nachoperiert werden, habe ich ja auch artig zugestimmt. Ich kann mich heute noch ärgern. Guck dir doch mal die Riesennarbe am Ohr an. Nur weil die sich getäuscht haben. War doch kein Krebs. Nein, mit mir nicht mehr.« Inzwischen wird der Tee gebracht, Janina gibt Milch und Zucker hinein.

»Meinst du nicht, man kann da sicherheitshalber eine Probe nehmen, nur so, damit man auch wirklich weiß, dass alles in Ordnung ist?«

Lenas Vorsicht bringt Janina zum Zweifeln. »Klar, fragen kann ich ja mal. Ich muss ja sowieso noch mal zum Frauenarzt. Wenn es dich beruhigt.«

Lena ist sichtlich besorgt. »Wäre echt sicherer, finde ich, dann hat man wenigstens hundertprozentige Gewissheit.«

Janina bläst mit geschlossenen Lippen die Luft durch die Nase. »Glaubst du an den Weihnachtsmann?«

»Mammografisch sind Cutis und Subcutis unauffällig. So weit beurteilbar, ist das Drüsengewebe mäßig verdichtet. Malignomverdächtige Strukturen oder Mikrokalkgruppen sind nicht zu sehen. Sonografisch ist kein auffälliger Befund zu erheben.« Dr. Heilmann überfliegt den Befundbericht. »Ja, Frau Krone, ich kann Ihre Unsicherheit verstehen. Der Befund ist für die meisten Frauen eine der größten Katastrophen, die sie je erleben.«

Janina sitzt ihm artig gegenüber. »Ich weiß auch nicht so recht, eigentlich wäre es mir lieber, wenn alles so bleiben könnte, aber man weiß ja nie.«

»... medial davon kleine subkutan gelegene stecknadelkopfgroße Resistenz. Axillen frei«, liest Dr. Heilmann weiter. »Man könnte eine feingewebliche Untersuchung veranlassen. Dazu würde mit Hilfe einer feinen Nadel eine Gewebeprobe entnommen werden. Möglich wäre auch eine kleine Stanzprobe. Ein Pathologe würde histologisch die Gewebeprobe unter dem Mikroskop beurteilen und dann entsprechend dem Ergebnis weitere Diagnosen stellen.« Dr. Heilmann faltet die Hände und schaut Janina tief in die Augen.

»Wo würde das gemacht werden?« Sie hält seinem Blick stand und spürt, wie Wärme in ihrem Gesicht aufsteigt.

»Ich könnte Ihnen da die Klinik in Osnabrück empfehlen. Man erzielt dort gute Ergebnisse.« Janina bemerkt, wie Dr. Heilmann nervös beginnt, die DIN-A4-Blätter zusammenzuschieben. Es bleibt ihr nicht verborgen, dass sich eine plötzliche Unsicherheit in seinem Verhalten bemerkbar macht und er es vermeidet, sie anzusehen.

»Osnabrück? Warum gerade dort?«

»Nun ja, dort wird seit Jahren intensiv an Heilungsmethoden geforscht. Zwischenzeitlich ist man auf dem besten Wege, ein hochqualifiziertes Brustzentrum zu etablieren. Mir liegt Osnabrück sehr am Herzen, ich stehe dort noch heute in gutem Kontakt mit meinem Doktorvater.« Er dreht sich auf seinem Schreibtischstuhl zum Bildschirm.

Etwas irritiert über Dr. Heilmanns Verhalten verwischt Janina schließlich ihre Bedenken ob der Entfernung. »Na gut, ich kann es ja dort mal versuchen. Wenn Sie sagen, ich bin dort gut aufgehoben.« Sichtlich verunsichert aufgrund ihrer bisherigen Erfahrungen, stimmt sie seinem Vorschlag letztendlich zögernd zu, kann sich aber eines unguten Gefühls in der Magengegend nicht erwehren.

Mit ernstem Blick unterschreibt Dr. Heilmann die Überweisung zur Probenentnahme in der Klinik. »Es gibt vermutlich krankenkassentechnisch Klärungsbedarf, aber das lassen Sie mal meine Sorge sein. Ich wünsche Ihnen alles Gute.« Dr. Heilmann überreicht Janina das Formular und verabschiedet sie mit einem letzten ernsten Blick.

»Hör zu! Du hältst deinen Mund und tust, was ich sage.« Mit scharfem Blick schaut sie von den Röntgenbildern auf. »Das ist eine kerngesunde Frau. Wir brauchen Therapieerfolge wie diesen. Du hättest sie sehen sollen, wie sie mit tränenverschmiertem Make-up vor mir saß, wie ein Häufchen Elend.« Mit einem gehässigen Grinsen reibt sich Dr. Kilian die Hände. »Was passiert denn schon. Sie verliert eine Brust. Na und? Die kann man ersetzen.« Siegessicher schiebt sie ihre Unterlagen auf dem Schreibtisch zusammen.

»Ich weiß nicht recht. Was ist, wenn das auffliegt?«, gibt ihre Kollegin, Dr. Zader, zu bedenken.

»Ich habe alles durchdacht. Wir werden in der Nähe des Knotens eine Probe entnehmen und bei der Untersuchung feststellen lassen, dass sie Krebs enthält.« Ein Glitzern steigt in ihren smaragdgrünen Augen auf. »Am gleichen Tag werden wir Frau Kanowsky operieren und einen Teil ihres mutierten Brustgewebes mit Frau Krones Namen versehen.«

Dr. Zader dreht sich kopfschüttelnd ab. »Du gehst in den Knast, wenn uns einer verpfeift.«

Dr. Kilian starrt unverwandt auf die Röntgenbilder. »Denk doch an den Erfolg. Wir haben eine neuartige Krebsart entdeckt.« Sie zupft an der langen Strähne ihrer seidig schwarzen glänzenden Kurzhaarfrisur. »Ganz langsam wachsend, auf keiner Mammografie zu entdecken. Unsere Patientin kann sich glücklich schätzen. Wir haben ihr das Leben gerettet«, triumphiert Dr. Kilian und stützt sich mit beiden Händen auf dem Schreibtisch auf.

»Du wirst sie umbringen. Seelisch umbringen. Ich halte nichts davon.« Dr. Zader setzt sich wieder an den Schreibtisch und begutachtet die Krankenunterlagen.

»Was soll man uns denn nachweisen? Die Gewebeprobe ist doch längst vernichtet, wenn irgendwelche Fragen auftauchen. Dann steht nur noch die Diagnose im Raum. Und wer wird schon anzweifeln, an Krebs erkrankt zu sein, wenn man ihm schonungslos diese bittere Wahrheit ins Gesicht schmettert.« Mit einem hämischen Lachen unterstreicht Dr. Kilian ihren fragwürdigen Plan.

»Und die Histologie? Wenn sie zweimal hintereinander eine Probe des gleichen Gewebes bekommt?« Dr. Zader starrt mit hochgezogenen Augenbrauen ins Leere.

»Du glaubst doch nicht im Ernst, dass wir Frau Kanowskys Brustgewebe erneut minutiös untersuchen lassen müssen. Die Diagnose ist doch bereits klar. Wir resizieren das betreffende Gewebe und geben das Okay, dass im Schnellschnitt bestätigt wird, jegliche Krebszellen restlos entfernt zu haben. Der Schnitt erfolgt im Gesunden. Heilung, Chemo und gut. Kein Schwein stellt bei ihr die Durchführung einer Therapie infrage. Außerdem ist es bei ihr doch sowieso egal. Meine Güte, wer macht sich denn schon Gedanken, ob er mit 74 eine Glatze bekommt. Angehörige: Keine vorhanden. Die ist doch froh, wenn sie noch ein paar Jahre vor sich hat.« Jubilierend zeigt sie mit einer weit ausholenden Geste auf ihr Stationszimmer. »Und was glaubst du, was unser Chef für eine Belohnung für uns bereithält: Ehre, Bewilligung neuer Forschungsmittel und die Publicity. Denk doch mal an die Schlagzeilen. *Osnabrück: Medizinisches Kompetenzteam rettet in einem unglaublichen Glücksfall einer jungen Patientin das Leben. Bei einer Routineuntersuchung konnte eine durch kein bisher bekanntes Diagnoseverfahren erkannte neuartige Krebsart festgestellt werden. Durch die anschließende Therapie konnte die Patientin vollständig gesunden. Das sich im Aufbau befindliche Brustzentrum beweist mit dieser sensationellen Entdeckung einmal mehr, wie wichtig ein derartiges Zertifikat bei der Suche nach einer Spezialklinik mit hochdekorierten Ärzten ist.* Na, wie klingt das, sei mal ehrlich.« Selbstverliebt streicht sich Dr. Kilian mit beiden Händen ihren Kittel glatt.

»Das wäre der Glücksfall, für uns zumindest. Aber stell dir vor, einer spielt da nicht mit.« Dr. Zader weicht nicht von ihrer Unsicherheit ab.

»Wer ist denn schon Mitwisser? Du führst die Operation durch, schneidest etwas abweichend von dem zu untersuchenden

Bereich, entnimmst eine Probe und die wird untersucht. Punkt 1: Ich bin unschuldig, weil ich dich nach Absprache über die Ausführung nur angewiesen habe. Punkt 2: Du bist unschuldig, weil du nur auf Anweisung gehandelt hast. Du wirst erst am Morgen der OP zu ihr gehen, gucken, wo zu operieren ist, und sie wird vor lauter Angst mitmachen. Kleine Fehler passieren. Du wirst den Knoten vorher nicht markieren. Das wird die einzige Abweichung sein. Dann dein großer Erfolg. Du findest diesen ganz besonderen Krebs. Wer wird dir da jemals eine Schuld zuweisen? Punkt 3: Der Pathologe. Er tut nur seine Pflicht. Er untersucht das Gewebe, das wir ihm zuteilen. Er kann ja nicht kontrollieren, von wem es stammt. Also: unschuldig. Und das Gewebe: Kann nicht sprechen. Wir werden sogar eine Nachuntersuchung der entnommenen Probe vornehmen. Aus Sicherheitsgründen versteht sich. Dafür bürgt doch unsere sprichwörtliche Sorgfalt. Klaro? Das verstärkt die Notwendigkeit einer Nachoperation. Da zweifelt doch niemand an der Aussage eines Halbgottes in Weiß. Wer könnte jemals sicherer sein als wir, dass der Therapieerfolg bereits vor Behandlungsbeginn garantiert ist?« Dr. Kilian schreitet raumgreifend durch ihr Zimmer, dreht sich abrupt um und schaut Dr. Zader bitterernst ins Gesicht. »Du willst doch Oberärztin werden, oder? Unser Chef wird stolz auf uns sein. Wir können ihn nicht enttäuschen, er hat doch dieses *Baby* ins Leben gerufen. Stell dir vor, mit welcher Geschwindigkeit *sein* Brustzentrum auf der Erfolgsleiter emporklimmt. Ihm kann man keine Schuld geben. Er sieht nur den Erfolg.« Verächtlich schnippt sie einen schwarzen Fussel von ihrem Ärmel.

»Er liebt sein Projekt mit Leib und Seele«, gibt Dr. Zader fast traurig zu bedenken. »Wir können ihn doch nicht so betrügen.«

Dr. Kilian lässt keinen Widerspruch zu und deutet mit erhobenem Zeigefinger auf ihr Namensschild am Kittel. »Im Dienste der Wissenschaft werden wir uns einen Namen machen. Du wirst mir noch einmal dankbar sein.«

Dr. Zader schwankt zwischen dem Verlangen nach Beförderung und dem Bewusstsein, einen schweren Fehler zu begehen.

»Und denke dran, das Jahr geht zu Ende. Wir haben unsere Soll-OPs für dieses Jahr noch nicht erfüllt. Da kommt uns die kleine Krone doch gerade recht und setzt uns eine eben solche auf.« Vergnügt lässt Dr. Kilian ihren Kugelschreiber zwischen Zeigefinger und Daumen wippen.

Schweigend blättert Dr. Zader in der Krankenakte. Sie schlägt die Seiten nachdenklich um, ohne den Text wirklich wahrzunehmen. »Na ja, Oberärztin Dr. Zader, das hört sich wirklich ziemlich gut an.« Sie spürt, wie die Verlockung in ihrer Vision Gestalt annimmt. Ihre Hand hält inne, regungslos schaut sie im Zimmer umher, als suche sie eine visuelle Antwort.

»Was ist? Warum zögerst du noch?«, spornt Dr. Kilian ihre Kollegin an. »Ruf sie morgen an und erinnere sie an den wichtigen OP-Termin. Wir wollen doch nicht, dass uns die kostbare Fracht noch vorher abspringt! Und vergiss nicht, die Krankenkasse hat ihr Programm bewilligt. Das gibt uns mehr Handlungsspielraum.«

Ich habe Schmerzen. Mir ist übel. Wo bin ich?, wundert sich Janina, als sie aus der Narkose erwacht. Nur für einen Moment kann sie klare Gedanken fassen. Sie hebt angestrengt ihren Kopf. Schläfrig tastet ihr rechter Arm auf der Bettdecke nach oben in Richtung ihres Halses. Sie greift nach dem Bezug und schiebt ihn ein wenig hinunter. Das dünne Nachthemd liegt faltig auf ihrer Brust. Sie greift in den Ausschnitt und zieht ihn schwerfällig nach vorne. Der lockere Knoten im Nacken gibt bereitwillig nach und dann sieht sie einen großen weißen Wundverband, der inmitten der vom Desinfektionsmittel rötlich-braun gefärbten Haut prangt. Nicht seitlich, zwischen Brustansatz und Achselhöhle, wo die Operation hätte stattfinden sollen, sondern zentral auf der linken Brust. Für einen Moment ist sie hellwach. *Moment mal, da stimmt doch etwas nicht.* Geschwächt lässt sie ihren Kopf wieder in das Kissen sinken und sieht an die weiße Decke. Sie ist alleine im Zimmer. *Bitte, ich brauche Schmerzmittel.* In Anbetracht der Wundschmerzen verzerrt sich ihre Mimik und tastend sucht sie nach dem Klingelknopf. Es fällt ihr schwer, sich zu bewegen. *Oh, mein Gott, wo ist dieser verdammte Knopf?* Dann findet sie ihn und drückt die runde Taste. Unmittelbar danach leuchtet an der Tür eine rote Signallampe auf. Kurze Zeit später wird die Tür geöffnet, eine Schwester kommt herein.

»Na, Frau Krone, wie schaut's aus bei Ihnen?« Fröhlich stellt sich die Schwester an Janinas Bettende und stützt sich auf den metallenen Rahmen.

»Bitte .. bitte, ich brauche, ... ich habe Schmerzen«, stammelt Janina und presst die Lippen zusammen.

»Das haben wir gleich. Ich bringe Ihnen mal eine Ibuprofen. Am besten gleich eine 600er. Dann können Sie in Ruhe weiterschlafen. Bin gleich wieder da.« Sie stößt sich sanft vom Bett ab und geht schnellen Schrittes durch die noch halb geöffnete Tür.

Wie spät ist es eigentlich. Es ist hell. Nachdem sie den ersten Schock über den nicht korrekt platzierten Wundverband verarbeitet hat, dreht Janina ihren Kopf nach links und sieht aus dem Fenster. Ihr wird kalt, sie schiebt ihren rechten Arm wieder unter die Bettdecke und bleibt an der im Handrücken platzierten Verweilkanüle hängen. *Au, verdammt.* Sie holt ihre Hand zaghaft wieder hervor und sieht auf die Pflaster umklebte Injektionsnadel. Die Erinnerung kommt langsam wieder.

Und was wird gespritzt?, hört sie sich fragen. *Erst Kochsalz, damit wird gespült, dann kommt ein Beruhigungsmittel und dann geht es auch schon gleich los,* erklärt ihr der junge Pfleger, der neben ihrer Trage steht und sie freundlich anlächelt. *Haben Sie die blaue Tablette vorhin eingenommen?*, erkundigt er sich, während er die Infusionen vorbereitet. *Ja.* Janina kneift die Augen zusammen, weil sie sein Gesicht nicht richtig erkennen kann und bedauert, wie schon in so vielen anderen Situationen, dass ihre Kurzsichtigkeit immer wieder ihren Tribut fordert. *Dann legen Sie sich mal rüber, auf die andere Liege,* fordert er sie schließlich auf und widmet sich derweil den diversen Anzeigen an seiner Gerätschaft, ohne Janina die dafür notwendige Hilfestellung zu leisten. Bei ihren Bemühungen spürt sie mehr als deutlich, wie sie unter der Wirkung der Prämedikation das Gleichgewicht verliert, zu viel Schwung nimmt und fast über die an ihre Trage angrenzend postierte Liege hinüberfällt. Der junge Mann schreckt von seinen Apparaten hoch, als ihm die polternden Geräusche zu Ohren kommen. *Na, geht's?* In seinen weit aufgerissenen Augen wird deutlich erkennbar, wie knapp er mit seiner Aufforderung an Janina einer Verletzung seiner Aufsichtspflicht entkommen ist. Unsicher versucht er, sein Herzklopfen zu verbergen. *Ja, ja, geht schon.* Dann legt sie sich ganz vorsichtig auf die schwarze Liege. *Komme ich da gleich rein?* Janina sieht verschwommen eine offene Tür, grüne Wände und eine mehrflammige, runde Lampe an der Decke. *Ja, da werden noch letzte Vorbereitungen getroffen.* Er legt einen Stauschlauch um ihren Oberarm. *Jetzt mal tüchtig die Hand auf und zu machen.* Während sie der Aufforderung nachkommt, mit ihrer Hand pumpende Bewegungen zu vollführen, klopft er mit seinem Zeigefinger auf die anschwellende Vene. *Ja, gut so.* Dann fühlt sie einen brutalen Schmerz in der Vene des rechten Handrückens. *Warum ist eigentlich kein EKG gemacht worden, ich habe doch einen Herzfehler ...*

»So, da sind wir wieder. Ich habe einen Schluck Wasser mitgebracht.« Die Schwester ist voller Elan in Janinas Krankenzimmer gestürmt und reicht ihr lächelnd in der einen Hand einen kleinen Plastikbecher mit einer ovalen, eingekerbten Tablette und in der anderen Hand ein Glas mit wenig klarer Flüssigkeit. Ihre Gedanken erschrocken sortierend greift Janina schmerzverzerrt den kleinen Becher. »Soll ich Ihren Kopf ein wenig anheben?«, versucht die Schwester Janina zu unterstützen.

»Ich glaube, das geht schon, danke.« Zweifelnd betrachtet sie zwischen Daumen und Zeigefinger das Schmerzmittel. »Die ist aber groß.« Janina lässt angewidert die Tablette in ihren Mund fallen und wirft den Kopf nach hinten, als ließe sie sich dann besser schlucken. »Igitt, und bitter ist sie.« Janina trinkt einen großen Schluck und schüttelt ihren Kopf.

»Sonst alles o.k.?« Die Schwester lächelt. »Seien Sie froh, dass Sie im Bett liegen. Es ist ganz schön kalt geworden.

Mit einem schwachen Lächeln nickt Janina zur Schwester, dann übermannt sie die Müdigkeit und sie fällt in tiefen Schlaf.

»Zeig mal«, fordert Lena Janina auf, die noch am selben Tag aus der ambulanten Nachsorge entlassen wurde und nun Lena gegenüber ihren Unmut bekundet. »Wie sieht das jetzt aus?«

Janina hebt ihren Pullover an und zeigt ihrer Freundin die Brust. »Weißt du, mich wundert, dass da so ein großer Verband verwendet wurde.« Während ihre Hände noch immer den Pulloversaum hochhalten, versucht sie in Lenas Blick eine Antwort zu ergründen.

»Ach, mach dir mal keine Gedanken. Pflaster haben die doch in allen Größen da.« Lena umrundet mit ihrem Zeigefinger den großen, rechteckigen Verband, ohne ihn direkt zu berühren. »Die wollen doch, dass das prima verheilt, da haben sie es vielleicht einfach nur gut gemeint.«

Janina runzelt nachdenklich die Stirn und lässt den Pullover wieder hinabgleiten. »Ich bin gespannt, wie es aussieht, wenn das Pflaster abgenommen wird. Ich habe so ein komisches Gefühl, ich kann das gar nicht beschreiben.« Sie stützt ihr Kinn mit der Hand und schaut ins Leere. Mit dem Zeigefinger tippt sie gedankenverloren auf ihre Lippen. »Ich will mich da jetzt gar nicht festlegen, aber irgendetwas stimmt da nicht.«

Lena beruhigt sie. »Nun hör mal auf, Gespenster zu sehen, sei froh, dass du so clevere Ärzte um dich hast.«

»Schön Sie zu sehen. Wie geht es Ihnen, Frau Krone?«, erkundigt sich Dr. Heilmann nach dem Befinden seiner jungen Patientin.

»Ich fühle mich hin- und hergerissen«, erklärt Janina ihren Gemütszustand.

»Lassen Sie uns einmal die Operationswunde begutachten. Bitte.« Er deutet mit einer Handbewegung auf die Untersuchungsliege. »Sie kennen sich ja aus.« Mit energischem Druck betätigt er den Metallbügel am Desinfektionsspender und reibt sich sorgfältig die Hände ein. Janina legt sich auf die Liege und hebt ihren Pullover an. Dr. Heilmann zieht mit dem Fuß seinen Rollhocker an die Liege und greift, die Hände immer noch reibend und bewegend, damit der Desinfektionsdunst verfliegt, zur Pinzette. Er spannt vorsichtig mit der linken Hand die das Pflaster umgebende Haut und hebt den Klebeverband von allen Seiten behutsam an. »So, dann wollen wir mal schauen.« Mit einem letzten Zippen entfernt er das Pflaster vollständig.

Janina drückt im Liegen ihr Kinn auf die Brust und schaut an sich hinunter. Ihr stockt der Atem. »Das kann doch nicht sein.« Ihre Augen weiten sich. »Wo haben die denn reingeschnitten?«, bringt sie voller Entsetzen hervor.

Dr. Heilmann verzichtet auf einen Kommentar und greift zu einer kleinen Schere, die schon auf dem grünen Tuch des kleinen Trays parat liegt. »Ich werde zunächst einmal die Fäden entfernen. Die Wunde sieht gut aus. Das wird ein gutes kosmetisches Ergebnis.«

Janina ist sprachlos. *Gutes kosmetisches Ergebnis?*, denkt sie. *Wie können die mitten auf der Brust einen Schnitt setzen? Da war doch nie im Leben der Knoten.*

»Einmal kurz die Zähne zusammenbeißen.« Ein leises Knipsen deutet darauf, dass der Faden zerschnitten wird.

»Autsch!« Janina krallt sich mit ihren Nägeln in das braune Polster der Liege.

»Das war tapfer.« Dr. Heilmann streicht mit der Pinzette den Fadenrest von der Schere. »Einmal kurz noch.«

In Erwartung auf den nächsten Schmerz kneift Janina die Augen zu.

»So, Frau Krone, das war's schon. Ich bedecke die Wunde noch mit einem neuen Pflaster, Sie können es aber auch in den nächsten Tagen ganz weglassen.«

Vorsichtig blinzelnd, ob wirklich alles vorbei ist, schaut sie auf das Tablett mit den Instrumenten, das neben der Liege auf einem Schiebetisch ruht. Dann riskiert sie noch einen Blick auf ihr Dekolleté. Janina verschlägt es immer noch die Sprache. Sie starrt auf die lange Narbe mitten auf ihrer Brust.

»So, dann können Sie sich auch wieder anziehen. Ist alles in Ordnung?« Dr. Heilmann stößt sich mit einer schwungvollen Bewegung auf seinem Drehstuhl in Richtung Waschbecken hinüber und steht dort auf.

Janina ist zu schockiert, um ihre Frage zu wiederholen. Sie glaubt, ihren Augen nicht zu trauen.

»Ich möchte sie in einer Woche noch einmal zur Kontrolle sehen.« Plätschernd läuft das Wasser über seine eingeseiften Hände.

Er will mich sehen? Sieht er denn nicht, was passiert ist? Das kann doch nur ein schlechter Traum sein, denkt Janina und schiebt wie in Zeitlupe den Pullover wieder an sich hinunter. *Ich will niemanden mehr sehen. Er kann doch seine Augen nicht vor diesem Resultat verschließen. Da stimmt doch was nicht.* Sie dreht sich seitwärts in eine sitzende Position und stützt noch für einen Moment die Hände neben sich auf die Liege. Ihre Beine baumeln kraftlos herunter, sie starrt auf den glanzlosen Boden. *Nun bin ich völlig entstellt. Und er sagt nicht einmal etwas dazu. Er muss doch sehen, dass da etwas nicht stimmt. Wie kann er so tun, als wenn alles glatt gelaufen wäre?* Tausend Gedanken schießen ihr durch Kopf.

Fragend sieht er sie mit seinen durchdringenden Augen minutenlang an. »Geht es Ihnen gut?« Während er auf ihre Antwort wartet, tritt er auf das silberne Pedal und wirft das Papierhandtuch in den großen, weißen Eimer, der wie ein metallenes Monster seinen riesigen Schlund öffnet und den geknüllten, nassen Ball gierig verschlingt.

»Ja, es ist alles in Ordnung«, lügt Janina und versucht ihr Entsetzen zu verbergen. Der Schock sitzt ihr noch in den Knochen und zögernd tritt sie auf den Boden.

Dr. Heilmann durchstöbert seine Schublade und reicht ihr diverse Broschüren. Mit versteinerter Miene nimmt sie die Informationen entgegen. »Ich möchte Ihnen noch etwas zum Lesen mitgeben. Schauen Sie es sich ganz in Ruhe durch. Wir besprechen dann in einer Woche das weitere Vorgehen, ja?«

Janina steckt schweigend das Pamphlet in ihren schwarzen Beutel und blickt ihn an. »Ja, ich werde es mir durchlesen. Danke.« Mit einem kurzen Gruß verlässt sie das Untersuchungszimmer und begibt sich wie ferngesteuert zum Ausgang.

Wie in Zeitlupe schwimmen tausend Gedanken an ihr vorüber. Vor dem großen Spiegel im Badezimmer beginnt sie sich zu betrachten. Ohne Regung schaut sie sich ins Gesicht, an der Brust hinunter, begutachtet missmutig den Bereich, unter dem sich der mahnende, rote Strich verbirgt, führt ihren Blick an den Beinen entlang bis hin zu den Füßen. Dann verschränkt sie die Arme vor dem Körper, fasst an den Saum des Pullovers und zieht ihn vorsichtig über den Kopf. Die Haare knistern, als sich ihr Kopf durch den Halsausschnitt zwängt. Ganz langsam streift sie erst den einen Ärmel von ihrem Arm, dann den anderen. Sie behält den Pullover fest umklammert in der rechten Hand. Er hängt kraftlos bis zum Boden. Sie hebt ihren Kopf und heftet ihren Blick auf ihre Brust. *Es war die größere von beiden. Sie ist jetzt tiefrot stigmatisiert.* Das sind die ersten Gedanken, die ihr bewusst werden, als sie auf ihre entblößte Brust schaut. *Genau im Dekolleté.* Verächtlich lässt sie den Pullover fallen. *Eine missglückte Brustvergrößerung, ein verpfuschter Prothesenwechsel. Ein verlorener Prozess. Krebs. Und nun auch noch mutwillig einfach irgendwo hineingeschnitten. Hinein in das gesunde Gewebe.* Ihre Augen füllen sich mit Tränen, Zorn steigt in ihr auf, während sie über ihren schicksalhaften Weg resümiert. Sie hebt die rechte Hand zu ihrer linken Brust, tastet mit Zeige- und Mittelfinger am äußeren Rand in Richtung der Achselhöhle und dann fühlt sie, wie ihr die Kräfte schwinden. Ein streichholzgroßes Knötchen schiebt sich zwischen ihre Finger, exakt an derselben Stelle, an der es vorher auch schon zu tasten war.

Dann verlassen sie die Kräfte.

Was ist Zeit?
Was ist Schmerz?
Was ist Furcht?
Wie der Knall eines übermächtigen Peitschenhiebes schmettert der Donnerschlag seine Gewalt in das unendliche Dunkel.
Suche sie!
Finde sie!
Fange sie!

Dann wird es Nacht.

Sie schlägt mit den Armen wild um sich. Schweißperlen treten auf ihre Stirn. Dann schreckt sie auf. Mit verschwitzten Haaren sitzt sie senkrecht im Bett und versucht sich zu orientieren. Mit weit aufgerissenen Augen sieht sie angsterfüllt um sich. Schaut an sich herab. Schlägt ihre Hände vor die Augen. Langsam gleiten sie an ihren feuchten Wangen hinab. Schluchzend sinkt sie in sich zusammen.

Das Zwitschern der Vögel klingt durch das auf Kipp gestellte Fenster. Wie gerädert kriecht Janina mühsam unter der zerwühlten, verschwitzten Bettdecke hervor und reibt sich nach der kurzen Nacht die Augen, als wolle sie das Salz auf ihren verkrusteten Wimpern für immer fortwischen. Sie blinzelt ungläubig durch die Jalousie und lässt die Lamellen mit einem schwachen Schnappen wieder in ihre Ausgangsposition zurückschnellen. Dann hat sie die Realität wieder, der Tag der Wahrheit ist gekommen.

»Es tut mir leid, Ihnen diese Diagnose mitteilen zu müssen. Es hat sich leider doch bestätigt, dass Krebszellen in Ihrem untersuchten Gewebe gefunden wurden. Auch wenn die erste histologische Begutachtung unbedenklich war, wollten wir hundertprozentig sicher gehen, und haben eine weitere Anfärbung des Gewebes veranlasst. Aus dieser Nachprüfung ging dann leider das negative Ergebnis hervor«, berichtet Dr. Heilmann Janina, die zusammengekauert in ihren Stuhl versinkt.

»Nein. Das ist doch jetzt nicht Ihr Ernst.« Mehr bringt sie nicht heraus und verkrampft sich in den Telefonhörer. »Das kann doch alles nicht wahr sein. Ich wollte das doch nur kontrollieren lassen.« Fast weinerlich nimmt Janina die Diagnose zur Kenntnis. »Ich kann das alles nicht fassen.« Sie bedeckt ihre Augen mit der freien Hand.

»Lassen Sie sich nun erst einmal Zeit, um darüber nachzudenken. Überstürzen Sie nichts. Kommen Sie bitte am nächsten Montag in meine Praxis, dann besprechen wir alles Weitere.« Dr. Heilmann versucht Janina zu beruhigen.

»Ich werde die Zeit zum Nachdenken nutzen. Ich rufe Sie wieder an. Auf Wiederhören.«

»Alles Gute für Sie. Auf Wiederhören.«

Es knackt im Telefon, das Besetztzeichen ertönt. Janinas Hand sinkt kraftlos auf ihre Beine. Sie starrt das Telefon an. Die Minuten verstreichen. Das gleichmäßige Tuten durchschneidet die Stille des Raumes. Mit ihrem Daumen drückt sie auf die Taste, auf der ein roter Hörer prangt. Dann wird es still. Ganz langsam sieht sie auf. Sie legt das Telefon auf den Tisch und erhebt sich. Mit verschränkten Armen geht sie zum Fenster, sieht in den Garten. *Das kann doch alles nicht wahr sein.* Sie kämpft mit den Tränen. Die Hühner picken unermüdlich Körner vom Boden auf. *Warum ich?* Sie schüttelt verständnislos den Kopf und sieht in den strahlend blauen Winterhimmel. *In einer Woche in der Praxis. Lebe ich dann überhaupt noch? Wie schnell wächst Krebs? Ich habe Krebs?* Ihre Miene verfinstert sich. *Ich habe doch nie etwas Böses getan, warum werde ich bestraft? Ist das eine Strafe? Ist es Glück? Was ist Glück?*

»Dr. Heilmann hier. Ja, ich rufe noch einmal an wegen des Programms. Sie wissen schon: Frau Krone. Ja. Ich habe ihr die Diagnose mitgeteilt.« Mit konzentriertem Blick auf seine Schreibtischunterlage lauscht er den Anweisungen vom anderen Ende des Telefons. »Ja, ja, ganz gefasst. Nun müssen wir weitersehen. Ich habe sie für nächste Woche in die Praxis bestellt.« Seine Aufmerksamkeit auf die folgenden Instruktionen gerichtet, tippt er nervös mit einem Schreiber auf den Tisch. »Ja. Sie wird mitmachen. Klar. Sie ist ja noch jung. Sie will doch leben.« Energisch nickt er seinem unsichtbaren Gesprächspartner zu. »Ich manage das schon. Geht in Ordnung. Ich rufe Sie an.« Entschlossen legt er auf und starrt für eine Ewigkeit aus dem Fenster.

Janina lehnt sich auf das schneebedeckte, von der Witterung ergraute Brückengeländer. Der kleine Fluss beginnt zuzufrieren. Sie beobachtet die Blesshühner, wie sie am Ufer nach Nahrung suchen. Vorsichtig plätschernd bahnt sich ein kleines Rinnsal durch die weiße, dünne Eisschicht seinen Weg. Ihre Hände sind tief in den Manteltaschen vergraben. Sie sieht sich um, schaut auf den Weg, den sie bis hierher genommen hat. Ihre Fußspuren sind ihr gefolgt. Bis hierhin. *Was mache ich jetzt? Wie soll es weitergehen?* Ihre Gedanken fließen an ihr vorbei. *Soll es das jetzt wirklich schon gewesen sein? Ich habe doch noch so viel vor.* Sie geht weiter. Jungfräulicher Schnee knirscht unter ihren festen Stiefeln. Ein Fischreiher erhebt sich schwerfällig vom anderen Ufer und schwingt sich majestätisch in die Lüfte. *Bangst du auch um deine Existenz?* Sie blickt ihm nach und versucht zu erspüren, wie es sich wohl anfühlen mag, wenn im Winter das Überleben mit dem knapper werdenden Nahrungsangebot bewerkstelligt werden muss. *Dann haben wir etwas gemeinsam.* Sie versucht sich aufzumuntern. Ein Hund kommt ihr fröhlich entgegen. Er trägt einen Stock in seinem Maul. *Wie sein Fell herrlich glänzt. Ein rotbrauner Irish-Setter. Wie stolz er mich ansieht. Recht hast du, dein Fell ist dein Schmuck. Seidig und prächtig.* Er lässt seinen Stock fallen und bellt. Einmal. Zweimal. So, als wolle er sie zum Spielen animieren. Janina lächelt ihm zu und geht langsam weiter, ohne seiner Aufforderung zu entsprechen. Kurze Zeit später begegnet sie einer jungen Frau mit einer Leine, die sie locker um den Nacken gelegt hat. Ihre Mütze hat sie tief in die Stirn gezogen. Sie grüßt freundlich und geht schnellen Schrittes an ihr vorüber. An ihrem Gürtel baumelt eine kleine Plastikbox. Mit jedem Schritt hört man die kleinen Leckerbissen in ihr rhythmisch gegen den Kunststoff klackern. Janina dreht sich noch einmal nach ihr um. *Sie trägt einen langen rotbraunen Pferdeschwanz. Glattes, seidiges Haar.* Mit einem Seufzer setzt sie ihren Weg fort, vorbei an riesigen alten Rhododendronbüschen. Wie Zeugen einer langen Dürreperiode weisen unzählige, traurig eingerollte Blätter auf einen langen Zeitraum mangelnden Wassers. *Wie fühlt es sich an, wenn man langsam stirbt?* Mit besorgter Miene verfolgt sie die lange Reihe der durstenden Gewächse. *Ihr könnt nicht selbst über euch entscheiden. Ihr seid auf andere angewiesen.* Ihr Blick fällt auf den angrenzenden See. *Und dabei läge euch das Wasser zu Füßen.* Ein kleines rotes Holzboot liegt am Steg. Das Eis hat es bereits in seinen Besitz genommen. *Selbst wenn man dich jetzt losbände, du würdest nichts unternehmen. Einfach warten, bis du von ganz alleine wieder auf den sanften Wellen tanzen kannst.* Sie nickt dem Boot unmerklich zu. Zarte Flocken beginnen vom Himmel zu fallen. Janina schaut nach oben. Winzige Eiskristalle landen in ihren Augen, sie blinzelt. *Alles kommt und geht. Ein ständiger Kreislauf. Nichts ist für die Ewigkeit.* Die Schneeflocken werden dichter. Janina stapft weiter am See entlang bis zu einem großen, alten Baum. *Du hast auch schon viel überstanden. Welche Geschichten würdest du wohl preisgeben, wenn du sprechen könntest?* Sie sucht unter seiner stattlichen Krone Schutz vor den vielen tanzenden Schneeflocken. Sie zieht ihre Hand aus der Manteltasche und streicht mit ihrem Handschuh sanft über die graue, zerfurchte Rinde der mächtigen Eiche. *Dir hat man auch schon viele Wunden zugefügt. Namen gegeben. Eingeritzt, unwiderruflich und ohne dich zu fragen. Du hast alles überstanden.* Ihre Hand liegt eine Weile auf der Rinde des betagten Baumes, bis sie sie langsam wieder in die Manteltasche schiebt, ihren Blick wieder dem See zuwendet und sich mit dem Rücken an den Stamm lehnt. *Bis der Förster kommt und dich gnadenlos tötet. Dir ungefragt das Leben raubt. Weil du vielleicht plötzlich im Weg stehst, für etwas anderes gebraucht wirst oder weil er dich vielleicht einfach nur hasst. Er hat es in der Hand.* Mit einem Ruck stellt sie sich fröstelnd wieder auf die Füße und sieht in die verzweigte Krone. *Wie viel Leben steckt in dir? In mir? In uns? Wie viel Leben kann in dir Schutz finden. Käfer, Vögel, Eichhörnchen. All die treuen Weggefährten, an denen wir uns erfreuen.* Sie geht ein paar Schritte in Richtung der Weggabelung. *Bis er kommt. Du hast keine Wahl. Du musst dich ihm ergeben.* Zögerlich setzt sie ihren Weg fort, bis sie dann mit beschleunigtem Schritt die kommende Kurve nimmt, um dann wieder ganz langsam an den Parkbänken vorbeizuschlendern. *Gesund soll man hier werden. Wenn man denn vorher krank war.* Sie wirft einen Blick auf das in den Park integrierte Kurzentrum. *Ein Weg. Kein Weg zurück. Ein Leidensweg.* Die Schneeflocken fallen spärlicher. *Ein neues Leben? Ein Neuanfang? Aller Anfang ist schwer.* Janina seufzt und zieht ihren Schal über das Kinn. Ihre Stiefel schieben wie kleine Pflüge den frischen Pulverschnee vor sich her. Die Sonne beginnt sich ihren Weg durch die Wolken zu bahnen. Wie Diamanten funkeln Myriaden kleiner Eiskristalle. *Die Sonne wird euch holen. Ihr habt keine Wahl. Ihr werdet schnell vergessen sein.* Sie bückt sich und greift mit ihrem Handschuh in den frischen Schnee. Sie hält die offene Hand vor ihre Augen und pustet vorsichtig hinein. *Wie gewonnen, so zerronnen.* Sie blickt den fallenden Flocken hinterher und klopft sich die Hände ab. Mit entschlossenen Schritten setzt sie ihren Weg fort. Sie spürt die warme Sonne auf ihrem Kopf wie eine behütende Hand. *Ich gehe meinen Weg. So wahr mir Gott helfe!*

»Ich brauche bitte Ihren Rat.« Janina ersucht ihren Hausarzt als langjährigen Vertrauten um eine ehrliche Meinung.

»Wir haben inzwischen einen Bericht vom Krankenhaus erhalten. Sie wurden operiert, habe ich gelesen, an der Brust?«, erkundigt sich Dr. Weiß.

»Ja, das stimmt. Ich habe einen Knoten ertastet, der entfernt werden sollte.« Angespannt sitzt Janina ihrem Hausarzt gegenüber. »Gleich, nachdem ich aus der Narkose erwacht bin, habe ich festgestellt, dass das Pflaster nicht an der Stelle klebte, an der es eigentlich hätte kleben müssen, um die Wunde zu bedecken.« Während sie ihm den Ablauf berichtet, spürt sie seine Zweifel an ihrer Glaubwürdigkeit. »Nach dem Fädenziehen hat sich dann auch herausgestellt, dass der Schnitt an einer ganz anderen Stelle ist, als dort, wo sich der Knoten befand.« Sie versucht seine ihm deutlich anzusehende Skepsis zu ignorieren. »Und zu alledem ist der Knoten überhaupt nicht entfernt worden.« Nervös beobachtet sie, wie er, ohne sie anzuschauen, in seinen Unterlagen blättert. »Was kann ich jetzt tun?« Hilfe suchend schaut sie Dr. Weiß an.

»Ich habe den histologischen Bericht erhalten.« Ernst schiebt er verschiedene DIN-A4-Blätter auf seinem Schreibtisch zusammen, faltet seine Hände und sieht sie streng an. »Sie haben großes Glück gehabt. Ein ganz schwierig zu diagnostizierender Krebs wurde bei Ihnen entdeckt.« Er nickt bedeutungsschwer. »Er ist noch relativ klein und kann gut therapiert werden«, bringt er selbstsicher hervor.

»Moment mal, bitte. Das, weswegen ich mich habe operieren lassen, befindet sich noch genau an der Stelle, an der es vorher auch war. Da stimmt doch etwas nicht«, stellt Janina irritiert fest.

»Das ist vielleicht nur ein Bluterguss. Sie dürfen keine Zeit verlieren. Sie müssen handeln.« Mit seinem breiten Gesicht und der auf der Nasenspitze ruhenden Halbbrille wirkt er fast schullehrerhaft. »Seien Sie froh, dass Sie durch Zufall so großes Glück hatten.«

Janina macht ihre Verunsicherung deutlich, schlägt die Beine übereinander und beugt ihren Oberkörper ein wenig vor. »Was ist das denn für ein seltsamer Zufall?« Ungläubig kräuselt sie ihre Stirn.

»Es muss ein wenig nachresiziert werden.« Aus seinen gefalteten Händen treten die Zeigefinger gestreckt hervor und zielen mit aneinandergelegten Spitzen auf sie. »Es liegt im Millimeterbereich.« Die Fingerspitzen tippen mit Nachdruck aneinander. »Sie sind genau zur rechten Zeit am rechten Ort gewesen«, führt er seine Erklärung unbeirrt fort.

»Ich kann mich doch nicht ein zweites Mal operieren lassen, bevor ich nicht weiß, warum nicht an der richtigen Stelle eine Gewebeprobe entnommen wurde.« Fassungslos schüttelt Janina langsam ihren Kopf.

»Ich kann Ihnen Frau Dr. Dianes wärmstens empfehlen. Sie ist eine Koryphäe auf ihrem Gebiet.« Voller Überzeugung zückt er seinen Kugelschreiber, um eine Überweisung vorzubereiten. »Sie arbeitet im Klinikum Hamburg.« Den Stift schon auf dem gelben Formular angesetzt, nimmt Dr. Weiß voller Erstaunen Janinas Kommentar wahr.

»Nein danke, in dem Klinikum habe ich meine Brustvergrößerung durchführen lassen. Die Geschichte habe ich noch in dunkler Erinnerung.« Janina lehnt sich im Stuhl zurück und versucht sich ein wenig zu entspannen.

»Nur weil Sie dort einmal schlechte Erfahrungen gemacht haben, können Sie doch nicht das ganze Krankenhaus meiden. Sie müssen handeln«, drängt Dr. Weiß abermals.

»Wenn ich mich erneut operieren ließe, würde doch so viel Gewebe entfernt werden, dass sämtliche Spuren, aus denen man vielleicht noch etwas rekonstruieren könnte, mit Sicherheit verwischt würden.« Janina winkt mit abwehrendem Zeigefinger vor ihrem Gesicht den Vorschlag ab. »Ich möchte erst Klarheit. Stellen Sie mir bitte eine weitere Überweisung aus für eine Kontroll-MRT.«

Dr. Weiß lässt den Kugelschreiber entrüstet auf seinen Schreibtisch fallen. »Das ist Unsinn. Sie können zehn Untersuchungen durchführen lassen, dann haben Sie auch zehn Meinungen.« Er schiebt seine Brille ein wenig höher auf die Nase und blickt sie eindringlich an. »Verlieren Sie keine kostbare Zeit!« Janina scheint die Ratlosigkeit ins Gesicht geschrieben zu sein. »Besprechen Sie das ruhig noch einmal mit Ihrem Frauenarzt.« Er greift zum Telefon und wählt die Nummer der gynäkologischen Praxis. Während des Freizeichens lehnt er sich überlegen zurück und klemmt sich den Hörer zwischen Schulter und Ohr.

»Praxis Dr. Heilmann, Ehrlich, guten Tag«, meldet sich die Stimme am anderen Ende.

»Dr. Weiß hier. Meine Patientin Frau Krone hätte gerne heute noch einen Termin bei Dr. Heilmann.« Sein forscher Tonfall lässt keine Widerrede zu. »Würden Sie sie bitte ankündigen. Sie wird gleich bei Ihnen sein. Es ist dringend.« Er stützt sich auf die Tischplatte und blättert in seinem Terminkalender, als trügen ihn die Gedanken schon in die nächsten Tage.

»Ja, natürlich. Ich informiere Dr. Heilmann.«

»Hast du alles?« Lena sieht besorgt auf die große, gut gefüllte Umhängetasche, deren Gewicht Janinas Schultergürtel in leichte Schräglage lenkt.

»Ich hoffe doch.« Janina blickt freundlich über ihre Schulter zu Lena, nickt ihr jedoch mit einer gewissen Skepsis zu. »Und wenn ich was vergessen haben sollte, kann ich es bestimmt nachreichen.« Forsch greift sie zur Türklinke. »O. k., dann lass uns fahren.«

Mit ernstem Blick erreicht Janina als Erste das in die Jahre gekommene Fahrzeug und öffnet quietschend die schwerfällige Tür. »Hast du an den Stadtplan gedacht?«, ruft sie Lena zu, die gerade im Begriff ist, die Gartenpforte hinter sich zu schließen.

»Klar, alles dabei.« Mit einem missmutigen Blick zum wolkenverhangenen Himmel geht Lena schnellen Schrittes zu ihrem weinroten kleinen Vehikel und zieht die knarrende Fahrertür auf. Mit etwas Mühe klappt sie den Sitz nach vorne, dessen schlecht geöltes Scharnier diese Bewegung mit einem deutlich vernehmbaren Quietschen quittiert, und verstaut schwungvoll den kleinen Beutel mit der Verpflegung für die Fahrt auf der Rückbank. »Na, dann wollen wir mal.« Sie steckt den Schlüssel in das Zündschloss, dreht ihn gefühlvoll um und verharrt eine Weile in dieser Position, bis der Motor sich schließlich langsam entschließt, seine Dienste aufzunehmen. Dann, behäbig wie ein Traktor, läuft die betagte Maschine langsam an und ruckelnd setzt sich das kleine Fahrzeug auf dem Kopfsteinpflaster in Bewegung.

Schweigend folgen sie dem monotonen Fluss des Verkehrs. Silbrig schimmernd winden sich die blechernen Gefährte in einer Einheit wie die Schuppen einer Schlangenhaut von Spur zu Spur. Fast wie ein Tropfen Blut schwimmt Lenas kleines Vehikel in dem langen Konvoi. Minütlich werden die Schuppen enger gestaucht, bis die Abstände ihr Minimum erreicht haben. Schwerfällig und bedächtig, wie in einer Begräbnisprozession, verstummen nacheinander die Motoren und auch die letzte Bewegung stirbt. Geräuschlos dringt der Geruch von verbrauchtem Benzin durch die Lüftungsschlitze, dann haucht auch der *Kleine Blutstropfen* seinen letzten Atemzug aus.

Schweigen.

Eine gefühlte Ewigkeit später wird in der Ferne Motorengeräusch hörbar. Einer gezündeten Lunte gleich, beginnen nacheinander die Kolben zu schlagen, immer lauter, immer näher und mit unbeugsamer Kraft erwacht die Schlange, größer und stärker als je zuvor. Blauer, giftiger Nebel verhüllt das Ungetüm, lässt es zu einem unaufhaltsamen Drachen mutieren, bis letztendlich auch die Scheinwerfer des kleinen Vehikels mahnend von zwei feuerroten Lampen angestrahlt werden.

Wie Sirup setzt sich das Gefüge in Bewegung und dehnt seine Glieder, gleich einem gerade aus dem Winterschlaf erwachten Bären.

Als müsse die verlorene Zeit aufgeholt werden, jagen die Drehzahlmesser in die Höhe und der Drache löst sich auf wie schmelzendes Eis.

Nur der *Kleine Blutstropfen* zockelt gleichmütig voran, in Erwartung auf eine große blaue Hinweistafel, die irgendwann das anvisierte Ziel benennen wird.

»Ich glaube, wir müssen die nächste Abfahrt runter. Sagst du mir mal bitte, wo ich genau hin muss?« Ein wenig ungehalten fordert Lena Janina auf, ihr anhand des Stadtplanes den Weg zu beschreiben.

Janina blickt gedankenverloren aus dem Fenster. »Ja, natürlich, entschuldige.« *Sie sieht seine kräftige Hand, die vorsichtig forschend den Stab führt.* Wie mechanisch verfolgt sie mit ihrem Zeigefinger den Streckenverlauf auf der Karte. *Die Knöchel seiner wohlgeformten Hand treten hervor, als er den Stab fester umgreift.* Etwas orientierungslos beginnt sie sich möglichst unauffällig auf dem Gewirr von Linien einen Überblick zu verschaffen. *Seine geheimnisvollen, mit einem eigentümlichen Hauch von rotbraunem Kupfer versehenen Augen strahlen wie dunkle Karneole.* Während ihr Finger siegessicher auf einer der roten Linien verharrt, als wäre ihm nie eine andere Aufgabe zugewiesen worden, versucht sie mit zusammengekniffenen Augen eines der langsam auf sie zukommenden Schilder an der Autobahn zu entziffern.

Lena tippt mit ihrem Zeigefinger auf das abgegriffene Lenkrad und sieht für einen Moment streng zu Janina herüber. »Und?«, fordert sie ein weiteres Mal, ihr die Position zu beschreiben. Wie aus heiterem Himmel wird genau zur rechten Zeit ein großes blaues Schild am rechten Fahrbahnrand sichtbar.

»Geht gleich los.« Janina versucht ihre Ahnungslosigkeit zu überspielen. Dann erkennt sie die rettende Information auf dem Schild. »Ja, ja, alles o.k. Du musst hier abfahren. B 42«, gibt sie Lena wie unbekümmert zu verstehen. Verstohlen versucht sie im Straßenatlas die Bundesstraße zu finden und hat großes Glück, da sich neben ihrem noch immer auf der Karte verharrenden Zeigefinger wie zufällig der gesuchte Knotenpunkt befindet. Erleichtert gibt sie ihre Information preis, als hätte sie nie an ihrem pfadfinderischen Können gezweifelt. »Dann weiter rechts halten. Bei der Gabelung rechts.«

Lena ist Janinas gedankliche Abwesenheit nicht verborgen geblieben, sie vermeidet es aber in Anbetracht der Umstände, ein Füllhorn von Vorwürfen auf sie einprasseln zu lassen. Ohne zu widersprechen, folgt sie Janinas weiteren Anweisungen, bis sie schließlich ihr Ziel erreichen.

»Meine Güte, das ist ja wie auf dem Arbeitsamt hier.« Janina staunt über die große Anzahl wartender Menschen im Vorraum und stupst Lena mit ihrem Ellenbogen zaghaft in die Rippen, als hätte Lena nicht bereits selbst bemerkt, dass sie einige Wartezeit in Kauf nehmen werden müssen. »Ach du Scheiße, das kann ja ewig dauern.« Frustriert rümpft sie die Nase und blickt sich suchend nach einem Fenster um. Eine der Mitwartenden gibt ihr mitleidig zu verstehen, dass es doch relativ schnell ginge, da hier nur die Personalien aufgenommen werden und man die vorgefertigte Krankenakte für die entsprechende Station mitbekäme. Ein wenig erleichtert sucht sie nach einem freien Stuhl und wird auch fündig.

»Weißt du was, ich gucke mal, ob ich hier irgendwo einen Kaffee bekomme.« Lena hat die Hoffnung auf einen zweiten freien Platz aufgegeben und gibt Janina zu verstehen, dass sie gleich zurück sein werde.

»Ja, mach mal. Ich warte hier.« Langsam schält sich Janina aus ihrer Jacke und knüllt sie, sich in ihr Schicksal fügend, auf ihrem Schoß zusammen. Wie ein Häufchen Elend zusammengekauert starrt sie vor sich hin. Es gibt nicht viel zu sehen in diesem kleinen Raum, außer einer Flut von Prospektmaterial und weiße mit medizinischen Postern plakatierte Wände. Prophylaxeempfehlungen, Therapieformen, Hospizadressen.

»Sie müssen eine Nummer ziehen«, erklärt eine ihr gegenüber sitzende Dame mittleren Alters freundlich. »Dort. Sehen Sie? Da vorne.« Mit einem Fingerzeig deutet sie auf die in Augenhöhe hängende Abreißrolle, die fortlaufende Nummern für die Patienten enthält.

»Oh, das ist nett, sehr aufmerksam. Gut, dass Sie mir das sagen. Sonst hätte ich morgen noch hier gesessen«, sprudelt es aus ihr heraus und sie bedankt sich artig für den Tipp. »43«, sagt sie leise zu sich, wobei ihr die Zahl keinen Anhaltspunkt auf die Länge der Wartezeit gibt.

Die Dame gegenüber, die offensichtlich schon eine Weile in der Gesellschaft der Anwesenden verbracht hat, versorgt sie, als ihr

Janinas andauernde Ratlosigkeit bewusst wird, mit einer weiteren Information. »Schauen Sie mal dort oben.« Sie weist auf eine Anzeigentafel mit Leuchtschrift.

Suchend folgt Janina ihrem Fingerzeig. »Oh, 36, das ist ja gar nicht mehr so schlimm. Na, dann. Danke!« Sie nickt höflich in sich hinein. *Na ja, vielleicht sind ja auch einige in Begleitung hier,* tröstet sie sich. *Das ist bestimmt deswegen so voll.* Sie blickt diskret um sich und schätzt die Anzahl der Personen, die sich wie sie in der Warteschleife befinden könnten. *20, 25. Puh. Na ja, wenigstens gibt's ein paar Zeitschriften,* stellt sie erleichtert fest, als ihre Augen neben den zahlreich ausgelegten Prospekten drei stark abgegriffene Zeitschriften erspähen. *10 Kilo in 3 Wochen.* Sie greift hastig zu einer der Illustrierten, als hätte sie Angst, ihr könne jemand die gerade erspähte Beute streitig machen. *Wie gut, dass ich damit keine Probleme habe. Sommermode: Hiermit liegen Sie im Trend.* Gelangweilt überfliegt sie die Überschriften und entschließt sich dann, die Zeitschrift irgendwo in der Mitte aufzuschlagen. Ein leiser, absteigender Dreiklang, der im Allgemeinen einer Durchsage vorangeht, ertönt aus Richtung der Glastür, hinter der eine weiß gekleidete Schwester sitzt. Unweigerlich fällt Janinas Blick auf die neu erscheinende Leuchtziffer. *Oh, 37 schon. Das geht ja fix.* Erleichtert stopft sie ihre Jacke hinter sich und schiebt die Tasche mit den mitgebrachten Unterlagen unter den unbequemen blauen Plastikstuhl. *Dann werde ich mal genüsslich die andere Zeitung lesen. So groß ist die Auswahl ja nicht.* Janina findet enttäuscht eine Sportzeitschrift und greift dann schließlich zu dem Heft mit dem schnittigen Sportwagen auf dem Titelblatt. *Ich hätte jetzt lieber so ein richtig schönes Klatschblatt gelesen.* Gelangweilt und ohne den Inhalt bewusst wahrzunehmen, blättert sie durch die Seiten, bis eine ihr vertraute Stimme erklingt. »Gab keinen Kaffee. Ich habe jedenfalls so schnell keinen gefunden.« Janina blickt auf und sieht, wie Lena mit einem freudlosen Gesicht wieder den Wartebereich betritt.

»Na, wenigstens ist gerade ein Sitzplatz frei geworden.« Janina deutet auf den Platz, auf dem die »37« saß.

»Na, das ist doch mal was.« Lena lässt sich lustlos auf dem Stuhl nieder.

»Hier, guck mal, vielleicht findest du einen kleinen Nachfolger für deine Rostlaube.« Janina grinst und streckt ihr die Autozeitschrift entgegen.

»Rostlaube? Ich glaube, ich spinne! Immerhin hat uns die kleine *Rostlaube* sicher hierher gebracht. Und du möchtest doch auch bestimmt mit der kleinen *Rostlaube* wieder sicher nach Hause gebracht werden, oder?«, entrüstet sich Lena über den ungeliebten Ausdruck.

»Habe ich doch nicht so gemeint, tut mir leid.« Abwartend hält Lena ihren Kopf seitlich in den Nacken und blickt Janina von oben herab an. »War nur ein Spaß.« Entschuldigend zieht Janina die Schultern hoch.

Die Mitwartenden haben zum Teil der Unterhaltung gelauscht und in dem Moment wird Lena dies auch bewusst. Sie schaut verstohlen von rechts nach links und greift dann schweigend zur Zeitung. Während der Gong nach und nach erneut erklingt, leert sich das Wartezimmer langsam und nur wenige setzen sich noch dazu.

»Guck mal hier: *Zellulite. So werden Sie in einer Woche Ihre Pfunde los. Die neuesten Diäten. Nie wieder Hunger.*« Während Janina versucht, sich wieder mit der zuerst gelesenen Zeitung anzufreunden, erscheint die 42 auf der Anzeigentafel.

Erschöpft vom Aufenthalt in dem stickigen, fensterlosen Raum gibt Lena einen kurzen Kommentar. »Das ist mir jetzt absolut egal. Ich möchte einfach nur, dass es losgeht.« Und wie auf Kommando ertönt für die beiden zum letzten Mal der Gong.

Mit einem Nicken zu Lena greift Janina ihre Unterlagen, begibt sich zu der Glastür und stellt sich erhobenen Hauptes vor den brusthohen Tresen, als erwarte sie die Verlesung ihrer Anklageschrift. Fast wie am Fließband nimmt die Schwester ihre Personalien auf, befragt sie nach den Beschwerden und bisher behandelnden Ärzten. Nach einem prüfenden Blick auf die Überweisung wird Janina dann auch schon mit weiteren Anweisungen, wo sie sich nun hinzubegeben habe, entlassen. Mit der neu erworbenen

Patientenakte verlässt sie die Anmeldung und kaum, dass die Tür sich hinter ihr schließt, ertönt bereits der nächste Dreiklang.

»Und, alles klar?«, erkundigt sich Lena, bereits im Aufstehen begriffen, als sie Janina zur Tür herauskommen sieht.

»Wir müssen jetzt noch woanders warten.« Janina schaut noch einmal auf ihre Unterlagen. »Den Gang da vorne rechts, bis zum Ende und dann links, bis zur vierten Tür. Komm«, fordert sie Lena auf und verabschiedet sich von den wenigen Verbliebenen. Als sie der Beschreibung zu ihrem Ziel gefolgt sind, warten dort bereits drei beige, immerhin gepolsterte Stühle im Wartebereich auf sie.

»So, dann können wir ja zur Abwechslung mal einen Augenblick warten«, scherzt Janina.

»Darauf wäre ich jetzt nicht gekommen«, kontert Lena, während sie nach einem Kaffeeautomaten Ausschau hält.

»Frau Krone?«

Janina zuckt zusammen, als sie so unerwartet schnell ihren Namen hört. »Ja, das bin ich.« Sie nimmt die ihr zum Gruß gereichte Hand entgegen.

»Dr. Scheidlich«, stellt sich die Ärztin vor. »Sie haben Unterlagen dabei?«, erkundigt sie sich.

»Ja, eine ganze Menge.« Janina deutet auf die Patientenakte in ihrem Arm und den Beutel, der ihre weiteren Krankenunterlagen enthält.

»Darf ich Sie davon schon einmal befreien?«, schlägt Dr. Scheidlich freundlich vor. »Ich werfe dann zunächst einen Blick darauf, während wir auch gleich die nächsten Aufnahmen machen können.«

Janina reicht ihr ihre gesammelten Werke. »Selbstverständlich.« Artig wartet sie auf die nächsten Anweisungen.

»Wenn Sie mögen, können Sie hier noch einen Augenblick Platz nehmen. Ich weiß, es ist hier nicht sehr gemütlich.« Die Ärztin lächelt entschuldigend und verschwindet wieder hinter der Tür, aus der sie gekommen ist.

Es dauert keine fünf Minuten, dann erhält Janina auch schon die Aufforderung, sich zur Untersuchung zu begeben. Brav tapst sie der Schwester hinterher, die sie mit fast lautlosen Schritten zu dem Untersuchungsbereich führt.

»Ich komme dann nachher wieder, o.k.? Da kann ich jetzt ja doch nicht dabei sein«, schlägt Lena vor. Janina stimmt ihr zu und folgt der Schwester ins Untersuchungszimmer.

»Hier können Sie Ihre persönlichen Sachen ablegen. Tragen Sie Ohrringe oder sonstigen Schmuck?«, fragt sie und zeigt Janina die kleine Kabine, die mit einer schmalen Sitzbank, einem Kleiderhaken, einem Spiegel und einer zweiten Tür ausgestattet ist. Als Janina verneint, bittet sie die Schwester, sonstige Metallteile, die sie am Körper trägt, abzulegen und für die Untersuchung den Oberkörper freizumachen.

Nachdem Janina sich so weit vorbereitet hat, tritt sie aus der Kabine und bemerkt einen eigentümlich nussigen Geruch, den sie zunächst nicht zuzuordnen weiß. Sie wird von der Schwester auf eine Untersuchungsliege gebeten. Ihr wird eine Infusion gelegt, sie folgt aufmerksam den Anweisungen und setzt den ihr gereichten Kopfhörer auf. Bäuchlings nimmt Janina auf der Liege mit zwei für die Brust vorgesehenen Aussparungen die ihr vorgeschriebene Position ein. Mit einer letzten Warnung, nicht vor den lauten Geräuschen zu erschrecken, die Janina nur noch dumpf entfernt wahrnimmt, verlässt die Schwester den Raum, um von einem Schaltpult aus die Geräte zu bedienen. Das Gesicht in einer mit Zellstoff ausgekleideten Mulde vergraben, nimmt Janina einen leichten Ruck wahr, dem ein sanftes Surren folgt, und sie spürt, wie sie mit der Untersuchungsliege in die Röhre geschoben wird.

Metallisches Klacken beginnt.

Sie nimmt ein wiederkehrendes Surren wahr und fühlt, wie sie auf eigentümliche Weise abgescannt wird. *Dong-dong-dong-dong-sssssssssss-t. Dong-dong-dong-dong-sssssssssss-t. Dong-dong-dong-dong-sssssssssss-t.*

Stille.

Wieder das Surren. Gefährlich, wie ein nahender Bienenschwarm.

Dann spürt sie, wie etwas Eiskaltes durch ihre Vene fließt.
Ding-ding-ding-ding-ding-ding-ding-ding-ding-ding-ding-ding-ding.

Sie möchte schlucken. Traut sich nicht. Sie möchte sich bewegen. Traut sich nicht. Husten. Sie versucht sich abzulenken. Sie atmet tief, ganz tief, ganz ruhig.

Es wird unangenehm heiß an der Brust.

Ding-ding-ding-ding-ding-ding-ding-ding-ding-ding-ding-ding-ding-ssssssssssssss-t.

Die Hitze wird unerträglich. *Aushalten. Du musst es aushalten.*

Ding-ding-ding-ding-ding-ding-ding-ding-ding-ding-ding-ding-ding-ssssssssssssss-t.

Ihre Hand umklammert den Notknopf, den ihr die Schwester vorsorglich vor der Behandlung schnell erreichbar an die Hand legte.

Und wieder schießt diese eiskalte Flüssigkeit in ihre Vene.

Es ist gleich vorbei. Es ist gleich vorbei. Durchhalten!, versucht sie sich zu beruhigen, während das Dröhnen ihr gnadenlos in den Kopf wummert. Sie fühlt, wie sich kleine Schweißperlchen auf ihrer Stirn bilden. Wieder durchströmt diese unangenehme Hitze ihre Brust.

Ding-ding-ding-ding-ding-ding-ding-ding-ding-ding-ding-ding-ding.

Das Surren verstummt. Sie verbietet sich, den Notknopf zu drücken, und beißt die Zähne zusammen.

Dann fährt die Liege zurück in ihre Ausgangsposition und die Tür öffnet sich.

»So, das war es dann auch schon. Noch einen Moment liegen bleiben«, hört Janina dumpf durch ihren Kopfhörer, das Gesicht immer noch fest in die Mulde gepresst. »Sie können sich jetzt vorsichtig hinsetzen.« Während die Schwester Janina den Kopfhörer abnimmt, hilft sie ihr in die aufrechte Position. Janina kneift benommen ihre Augen zusammen. »Einmal kurz hier festhalten.« Die Schwester deutet auf einen dicken Mulltupfer, den Janina im Anschluss an das Herausziehen der Braunüle auf die

Wunde in der Armbeuge drücken soll, um die Blutung zu stoppen. »Sie können sich dann auch wieder ankleiden und draußen noch Platz nehmen.«

Janina verschwindet so schnell sie kann mit verschränkten Armen, um ihre Blöße zu bedecken, wieder in der Kabine. Erleichtert verriegelt sie hinter sich die Tür. Sie beäugt sich im Spiegel. »Mein Gott. Die sind ja knallrot.« Ihr Blick fällt auf ihre Brüste und plötzlich entsinnt sie sich des eigentümlichen Geruches, der durch die Behandlungsräume wabert. »Solarium. Klar. So riecht verbrannte Solariumhaut.« Besorgt streicht sie über das Dekolleté.

Draußen im Flur wartet Lena bereits auf sie. »Ich habe dir einen mitgebracht.« Sie strahlt Janina an und streckt ihr einen Pappbecher mit inzwischen lauwarmem Milchkaffee hin.

»Oh, ja, das ist gut, den kann ich jetzt echt gebrauchen.« Sie berichtet Lena von der Untersuchung, fasst dann mit einer Hand in ihren Kragenausschnitt und zieht den Pullover ein Stück vom Hals weg. »Hier, riech mal«, fordert sie Lena auf.

Etwas irritiert folgt Lena Janinas Aufforderung und schnuppert dezent in den Kragenausschnitt hinein. »Iih, das riecht ja ganz verbrannt.« Sie zieht ihre Mundwinkel angewidert nach unten.

Doch bevor sie weiter über die Untersuchung diskutieren können, ruft sie Dr. Scheidlich in ihr Behandlungszimmer.

»Wie Sie hier sehen, haben Sie in Ihrem Brustgewebe eine Gewebsveränderung, die man beobachten sollte, die aber nicht akut besorgniserregend ist.« Dr. Scheidlich zeigt mit ihrem Kugelschreiber auf einen hellen Punkt auf der Röntgenaufnahme. Der andere Bereich ist, so weit ich es auf der Aufnahme erkennen kann, im gesunden Bereich entfernt worden.«

Janina starrt intensiv auf das Röntgenbild. »Nun, ich erzählte Ihnen ja anfangs, dass ich wegen eines Knotens beim Frauenarzt war, der zwischenzeitlich auch operiert werden sollte.«

Mit einem Blick auf die von Janina mitgebrachten Unterlagen stützt Dr. Scheidlich ihr Kinn in die Hand und überfliegt noch einmal den Arztbericht. »Ja, ja, der ist herausgenommen worden«, kommentiert sie die erfolgte Operation.

»Nein, nein, Moment, Sie sagten doch eben selbst, dass es in meinem Brustgewebe eine Stelle gäbe, die eine Veränderung aufweist.« Janina deutet mit ihrem Finger auf den ihr eben gezeigten Befund. »Und das ist genau die Stelle, an der der Knoten noch immer sitzt und auch vor der Operation saß.« Janinas Miene verfinstert sich zunehmend. »Mit anderen Worten, er ist gar nicht herausgenommen worden. Oder sehe ich das verkehrt?«

Kaum merklich nervös versucht Dr. Scheidlich Logik in die Situation zu bringen. »Nun ja, so weit ich das beurteilen kann, ist der Befund der eben gefertigten Aufnahme identisch mit den Röntgenbildern, die Sie mitgebracht haben.«

Janina und Lena schauen sich fragend an. »Dann bin ich also tatsächlich an der verkehrten Stelle operiert worden?« Bösartig blickt Janina noch einmal auf die neuen Röntgenbilder.

»Nun, Sie wollten eine Zweitmeinung. Die habe ich Ihnen gegeben. Wir werden uns wahrscheinlich nie wiedersehen. Mehr kann ich im Moment nicht für Sie tun.« Dr. Scheidlich versucht die Unterhaltung zu begrenzen und lässt deutlich werden, dass noch andere Patienten warten.

»Wissen Sie, ich kann Sie verstehen, dass Sie mir wohl nicht mehr sagen können. Aber das, was ich wissen wollte, haben Sie mir bestätigt. Vielen Dank.« Mit einem ernsten Händedruck verabschiedet sich Janina von der Ärztin.

Um sich ein wenig abzulenken, beschließen die beiden, im nahegelegenen Restaurant einen Imbiss zu sich zu nehmen. »Siehste, dann ist das doch kein Bluterguss, wie man mir anfangs weismachen wollte.« Janina schüttelt verärgert den Kopf. »Also ist der Knoten definitiv noch da. Jetzt haben ihn nicht nur mehrere nach der OP gefühlt, jetzt habe ich ihn zum ersten Mal auch wieder gesehen. Das gibt es doch nicht!« Entrüstet greift Janina zum Brot.

»Das ist echt ziemlich komisch.« Lena wägt ab, was ihr glaubwürdig erscheinen könnte. »Da gebe ich dir recht. Aber andererseits, die haben ja was gefunden.« Dann legt sie sorgfältig die Serviette über ihren Schoß.

»Das ist ein Hammer, ey, ich lass mich doch nicht therapieren, wenn ich gesund bin. Was haben die mit mir vor?« Dann dringen ihre Zähne gnadenlos in das knusprige, nach Knoblauch duftende Brot.

Lena stochert ohne Appetit in ihrem Salat und wickelt die dünnen Wurzelfäden wie kleine Spaghettis um die Zinken ihrer Gabel. »Und was willst du jetzt machen?« Vorsichtig hebt sie mit ihrer Zunge die Wurzelfäden ab und kaut nachdenklich auf dem Gemüse herum.

»Das weiß ich auch noch nicht so genau. Was wollen die als Nächstes? Meine Organe? Auf jeden Fall will ich erst einmal Klarheit.«

»Hallo, Janina, ich gratuliere dir zu deinem Geburtstag!«, flötet Sven mit stolzgeschwellter Brust durch die Muschel des Telefons.

»Danke Sven, das ist lieb, dass du daran gedacht hast.« Janina schiebt einen pflaumengroßen Brocken Pflanzenfett mit dem Holzlöffel in der heißen Pfanne herum.

»Wie könnte ich dich vergessen«, schmeichelt die sonore Stimme am anderen Ende.

»Scherzkeks.« Zusammenzuckend lässt Janina den Löffel in die Pfanne fallen und reibt sich die Hand an der Schürze. »Was macht deine große Liebe?« Bestürzt begutachtet sie ihre Finger, an denen sich dort, wo das heiße Fett hingespritzt ist, rote Pünktchen gebildet haben.

»Ach, im Moment haben wir das Pech gebucht.« Der betretene Klang der Stimme lässt auf ein sorgenvoll verstimmtes Gesicht schließen. »Stell dir vor, meine Herzallerliebste geht zu einer Routineuntersuchung zu ihrer Frauenärztin, da stellt die doch glatt fest, dass sie operiert werden muss.«

Aufmerksam lauscht Janina der Erzählung ihres ehemaligen Arbeitskollegen.

»Kam alles ganz plötzlich. Durch Zufall.« Ein schwerer Seufzer unterbricht den Gesprächsfluss. »Und wir hatten gerade eine fantastische Urlaubsreise geplant. Durch Zufall haben die einen Krebs gefunden, der ganz schwer zu diagnostizieren ist. Ich kann dir sagen, sie hat vielleicht Glück gehabt. Aber unseren Urlaub können wir jetzt knicken.« Schweigen unterbricht sekundenlang das Gespräch.

»Krebs entdeckt?« Janina erstarrt mit dem Teller in ihrer Hand. Sie beginnt mit den Augen zu zwinkern und mit den aufsteigenden Tränen zu kämpfen. Der beißende Geruch von frisch gehackten Zwiebeln reizt die Schleimhäute ihrer Nase. »Durch Zufall?« Sie schnieft. »Sag bloß.« Und wischt sich mit dem hochgeschobenen Ärmel über die Nase.

»Eigentlich war's nur eine Blutblase am Eierstock. Jetzt haben sie ihren Dickdarm entfernt, einen Meter des Dünndarms, na ja, und keine Ahnung, was noch alles folgt. Ich kann dir sagen. Das soll so ein ganz seltenes, unerforschtes Ding sein. Neuroendokrinologische Geschichte, glaube ich. Ach, die hau'n ja mit medizinischen Fachausdrücken um sich, weißt du, als Laie vertraut man eben. Du, und dann fahren wir nach Lübeck zur weiteren Untersuchung und was soll ich dir sagen, die finden nichts mehr. Nichts! Na, wir dann wieder zurück nach Berlin. War eine 8-stündige Operation geworden. Blöd nur, dass jetzt kein Stoma mehr möglich ist. Geht eben nicht ohne Dickdarm, glaube ich, und ein Dünndarmausgang geht auch nicht, dann ist der Beutel dauernd voll. Also alle naselang aufs Klo. Wird wohl schwierig mit dem Urlaub.«

Nachdenklich neigt sie den Teller langsam über das heiße Fett, das ganz unauffällig in der Pfanne zu sieden begonnen hat.

»Sie ist da jetzt bei Spezialisten in den allerbesten Händen. Krebszentrum. Bad Berkau.«

Nach und nach purzeln die Zwiebelwürfel in die klare, heiße Flüssigkeit und quittieren zischend und spritzend den plötzlichen Temperaturumschwung.

»Die haben ein Zertifikat und sich auf so etwas spezialisiert. Ich bin so froh.« Voller Zuversicht erzählt Sven von der Spezialklinik, die ihm von den behandelnden Ärzten wärmstens empfohlen wurde.

»Das ist ja ein merkwürdiger Zufall.« Janina rührt gleichmäßig und gemächlich durch die glasig werdenden Zwiebelwürfel. »Aber wohl Glück im Unglück.« Schulterzuckend schaltet Janina die Dunstabzugshaube auf die höchste Stufe. »Vielleicht hat sie ja noch die eine oder andere Frage. Ich habe kürzlich gelesen, dass es demnächst eine Informationsveranstaltung geben wird. Weißt du? So allerlei Wissenswertes zum Thema Krebs, Vorsorge, Nachsorge. Mit anschließender Podiumsdiskussion. Da wollte ich mal hin. Mir das mal anhören.« Janina klemmt sich den Hörer unter die Schulter und versucht mit höchster Anstrengung das vakuumverschlossene Glas zu öffnen.

»Ach ja? Wie kommst du denn dazu?«

Resigniert stellt sie es wieder auf die Arbeitsplatte und schüttelt schmerzverzerrt ihre Hand. »Ach, weißt du, Sven, bei mir ist etwas Ähnliches festgestellt worden und ich bin verunsichert, welchen Weg man am besten wählt.«

»Du hast Krebs?«

Janina greift zu einem Löffel und setzt den Stil unterhalb des Drehverschlusses an. »Nun, ich glaube, da meinen andere mehr zu wissen als ich.« Mit einem entschlossenen Zischen entweicht die Luft aus dem Glas.

»Wie meinst du das?«

Mit gespielter Leichtigkeit setzt sie ihre Fingerspitzen auf den Blechdeckel und mit einem leichten Ruck löst sie die Verschraubung. Rotkohlduft steigt in ihre Nase. »Ich erkläre es dir mal in Ruhe. Notiere dir ruhig ein paar Fragen und dann gib sie mir nächste Woche mit, ja? Die Gelegenheit ist günstig.«

Ungläubig hört Sven den Vorschlag von Janina und willigt ein. »Klar, das mache ich.«

Janina versucht beschwichtigend auf Sven einzuwirken. »Weißt du, wenn ihr alles hinter euch gebracht habt, könnt ihr euren Urlaub doppelt genießen. Ihr werdet ihn als ganz besondere Belohnung empfinden. Wohin soll es denn gehen, wenn es so weit ist?« Mechanisch rührt Janina den Rotkohl.

»Ich möchte mir einen ganz besonderen Traum erfüllen. Weißt du noch, wie ich damals schon immer von der fernöstlichen Mentalität geschwärmt habe? Ayumi möchte mich ihren Eltern vorstellen. Sie wohnen auf Honshu.«

Wie in einem Film sieht Janina sich und Sven sich in ihrem kleinen Büro einander gegenübersitzen. Sehr genau kann sie sich an die detailgetreue Schilderung erinnern, mit der er ihr damals seine neue Lebenspartnerin beschrieben hat. »Wow. Gratuliere! Dann habt ihr ja etwas doppelt Schönes vor. Ihr wollt heiraten?« Bei dieser Frage sieht sie in Gedanken das Foto von Dr. Heilmanns Familie auf seinem Schreibtisch. Heißes Fett spritzt erneut auf ihren Arm. Sie quittiert es mit einem Zähnefletschen und zieht hörbar die Luft durch die Zähne.

»Nun ja, wir hatten es zumindest geplant. Nun verschiebt sich ja alles. Und sie hatte sich schon so auf ihre Heimat gefreut. Ihre Tante hat uns extra nach Shimonoseki-shi eingeladen. Sie haben dort ihr Restaurant, eine Zeit lang jedenfalls noch. Ihr Onkel hat übrigens bei euch in der Nähe ein Restaurant eröffnet.« Svens Stolz schwingt hörbar durch das Telefon. »Er hat sich das schwer erarbeitet. Dort werden ganz erlesene Köstlichkeiten angeboten.«

Während Janina erneut die roten Pünktchen auf ihrem Arm reibt, begibt sie sich zum Kühlschrank. »Was denn zum Beispiel?« Sie öffnet die Tür und nimmt eine Flasche Essig heraus.

»... und ... und das Beste ist, er hat eine ganz besondere Lizenz. Allein darauf hat er glatte fünf Jahr hingearbeitet.«

Janina kippt einen Schuss Essig in den Rotkohl, rührt gewissenhaft um und nippt am Holzlöffel. »Eine Lizenz?« Sie verzieht angesäuert das Gesicht.

»Ja, er darf Kugelfisch zubereiten. Das ist was ganz Besonderes und er hat einen harten Kampf mit den Behörden hinter sich.«

Janina bückt sich, um eine Schütte mit Zucker aus dem Schrank zu holen. »Man braucht eine Lizenz für die Fischzubereitung? Du spinnst.« Sie verteilt einen großen Esslöffel voll Zucker über dem Rotkohl.

»Weißt du nicht, dass der hochgiftig ist?«

Sie nippt erneut am Löffel, beleckt sich die Lippen und wiegt anerkennend den Kopf. »Doch, ich glaube, ich habe schon mal davon gehört.« Während ihre Gedanken beiläufig um eine Reportage kreisen, die sie sich mit Lena vor einiger Zeit angesehen hat, greift sie entschlossen zu den Nelken und fügt sie mit einem Lorbeerblatt dem Rotkohl bei.

»Wir wollten die Köstlichkeiten frisch aus dem Meer genießen. Aber jetzt ...« Man hört einen tiefen Seufzer am anderen Ende des Telefons. »... aber das holen wir nach. Magst du Fisch?«, erkundigt sich Sven.

»Ja, aber nicht so etwas Gefährliches.« Sie schließt den Kochtopf mit einem Deckel.

»So eine Delikatesse ist ja nicht komplett ungenießbar. Ayumi hat mir erklärt, dass ihr Onkel ein Überraschungsmenü für uns gezaubert hätte. Sogar mit einem Happen Leber vom Kugelfisch.« Sven steigert sich in seiner Begeisterung für seine zukünftige Familie. »Weil die wohl den größten Teil des Giftes enthält, darf man, glaube ich, nur ein paar Gramm davon essen. Das finde ich aufregend.«

Janina wischt sich die Hände in der Küchenschürze ab. »Du, da bleibe ich lieber bei der gutbürgerlichen Küche. Da weiß ich wenigstens, was in den Topf kommt.«

Sven verteidigt seine Vorliebe fürs Außergewöhnliche. »Das macht man ja auch nicht alle Tage, ist ja auch nur was für besondere Anlässe.«

Sie öffnet die Schleife auf ihrem Rücken und hängt die Schürze über den Küchenstuhl. »Sven, sei nicht böse, aber ich muss jetzt Schluss machen«, drängt Janina, während sie sich auf den Weg in den Keller macht, um Kartoffeln zu holen.

»Kein Problem, ich melde mich, wenn ich was Neues weiß, und wenn mir noch ein paar Fragen einfallen, rufe ich dich an.«

»Und denk dran, nicht zu viel Kugelfischleber essen«, scherzt Janina. »Machs gut und grüß deine Herzallerliebste. Alles Gute von mir.« Besorgt nickt sie in sich hinein.

»Geht klar. Ich schreib dir von ›oben‹ ne Mail, wenn es zu viel war. Ciao!«, kontert Sven auf Janinas Rat.

Sie lacht und beendet kopfschüttelnd das Gespräch.

»Praxis Dr. Heilmann, Ehrlich, Guten Tag.« Wie automatisiert nimmt die Arzthelferin den Anruf entgegen.

»Hallo, Frau Ehrlich, Krone hier. Sagen Sie, hätte Herr Dr. Heilmann kurz Zeit für ein Gespräch?« Besorgnis und Zweifel schwingen in Janinas Frage mit.

»Ach, Frau Krone, selbstverständlich, das passt gerade ausgezeichnet. Warten Sie kurz, ich stelle Sie durch. Die letzte Patientin ist nämlich nicht gekommen.«

Während Janina sich bedankt, erklingt schon die Melodie der Warteschleife in der Leitung.

»Heilmann.« Die vertraute Stimme am anderen Ende lässt Janina wohlig erschaudern.

»Hallo, Herr Doktor, Janina Krone hier. Guten Tag.« Janina senkt ihren Blick und schaut sich verlegen auf die Fingernägel. »Ich habe eine Bitte.«

Wie gebannt schaut sich Dr. Heilmann um, als könne ihn jemand beobachten. Dann schließt er die Tür zum Untersuchungszimmer, um mit Janina *allein* zu sein. »Was kann ich für Sie tun?« Angespannt nimmt er in seinem Stuhl Platz und rückt sich aufrecht näher an seinen Schreibtisch.

»Ich habe mir Gedanken gemacht. Ich habe einfach noch zu viele Zweifel.« Dr. Heilmann stutzt und unterbricht Janinas einleitende Sätze nicht. »Ich weiß, dass es Ihnen ziemlich sinnlos erscheinen wird, mit einem bloßen Gefühl gegen einen vermeintlichen Beweis anzutreten«, fährt sie fort und hält einen Moment inne.

»Was meinen Sie mit ›Gefühl‹?«, versucht Dr. Heilmann Janina ihr Vorhaben zu entlocken.

»Ich tue mich sehr schwer, weitere Schritte zu unternehmen. Die Operation ist nicht nach Absprache verlaufen. Sonst wäre der Knoten entfernt worden.«

Zögerlich entgegnet Dr. Heilmann seine Vermutung: »Nun ja, es ist in der Tat nach wie vor etwas zu ertasten, wobei es sich da jedoch um einen Bluterguss handeln könnte.«

»Ja, das hätte stimmen können, wenn ich nicht die vergleichende Untersuchung hätte durchführen lassen.« Dr. Heilmann zeigt Verständnis für Janinas Lage und spürt, wie er langsam in Bedrängnis gerät. »Ich habe meinen Entschluss gefasst, als ich kürzlich hörte, dass der Freundin eines guten Bekannten von mir Ähnliches widerfahren ist. Sie hat den Ärzten blindlings vertraut und sich sofort einer größeren Operation unterzogen.« Dr. Heilmann spürt, wie die Gedanken in seinem Kopf zu kreisen beginnen. »Und, wie soll ich es ausdrücken, es ist ebenfalls ein Krankenhaus, das durch bestimmte Operationen eine Zertifizierung anstrebt, bzw. sich wohl erhalten will.« Erleichtert, dass sie mutig ihren Verdacht preisgegeben hat, seufzt Janina leise in den Hörer.

»Das wäre ja der Supergau«, versucht Dr. Heilmann seine Kenntnisse als Eingeweihter zu überspielen. »Nur ich gebe Ihnen zu bedenken, dass Ihr Tumor nicht restlos entfernt wurde.« Er spürt, wie sich ihm die Kehle zuschnürt.

»Ja, ich kenne die Warnung, dennoch brauche ich noch Zeit für weitere Schritte.« Sie spürt, dass ihrer Vermutung kein Glauben geschenkt wird. »Ich weiß, ich gehe ein hohes Risiko ein, wenn ich der Diagnose Glauben schenke und nichts unternehme.« Immer deutlicher erscheint sein Gesicht vor ihrem geistigen Auge.

»Sie haben Zeit. Eine Zellteilung geht nicht von heute auf morgen. Der Krebs wird sich nicht explosionsartig vermehren. So viel ist sicher.«

Ein wenig ermutigt, fühlt sich Janina in ihrem Entschluss bestätigt.

Dr. Heilmann versucht mit letzter Anstrengung das Ruder herumzureißen und schlägt ihr eine ergänzende Informationsmöglichkeit vor. »Frau Krone, ich weiß nicht, ob es Ihre Zeit erlaubt, es gäbe in zwei Wochen eine Veranstaltung in Berlin, die sich im weitesten Sinne mit Ihrer Thematik befasst.« Verlegen runzelt er die Stirn. »Ich möchte Ihnen wärmstens ans Herz legen, sich dort einmal umzuhören und vielleicht auch die Gelegenheit zu nutzen, Ihre Fragen zu stellen.«

Janina erinnert sich an eine Annonce, die ihr im Zusammenhang mit den Recherchen zu ihrer vermeintlichen Krankheit auffiel. »Sie meinen das Forum nächste Woche? Ich habe schon in der Zeitung über die Veranstaltung gelesen. Sicher, wenn ich Zeit habe, werde ich dort hingehen.« Janina nickt eifrig, insgeheim die Gewissheit in sich tragend, dass ihr Entschluss bereits längst feststeht.

»Vielleicht werde ich es auch ermöglichen können, an einem der Tage dort zu sein.« Mit verheißungsvollem Blick schaut er in sich hinein.

»Oh, tatsächlich?« Ein wenig irritiert zieht Janina eine Augenbraue hoch.

»Möglicherweise kann ich Sie ein wenig unterstützen und ihren besonderen Fall dem einen oder anderen Kollegen vortragen.« Mit vielversprechendem Tonfall versucht er Janina für seinen Vorschlag zu gewinnen.

»Vielen Dank, ich, äh, ich weiß im Moment noch gar nicht, ob, äh, wann.« Janina zwingt sich, die in ihr aufkommenden Gedanken weit von sich zu schieben.

»Vielleicht findet sich auch Zeit zu einem persönlichen Gespräch. Danach. Wenn Sie möchten, können wir ganz in Ruhe unter vier Augen Ihre Situation analysieren.« Schweigen auf beiden Seiten. »Kann ich Sie für meinen Vorschlag erwärmen?«, versucht Dr. Heilmann zaghaft das Gespräch wieder aufzugreifen.

»Entschuldigung. Ich, ja, ich denke darüber nach.« Janina streicht sich verlegen über die Hüfte und stellt ihre Beine etwas näher zusammen als nötig.

»Kennen Sie sich in Berlin aus? Machen Sie sich keine Gedanken, ich biete Ihnen auch gerne an, dass ich Sie begleite.« Etwas erschrocken über seine forsche Anbiederung versucht er sich mit seinen nachfolgenden Äußerungen zu zügeln. »Oder fahren Sie lieber selber?« Zielsicher zieht er einen Prospekt mit dem Programmablauf der Fachtagung aus einem Stehordner.

»Ich habe gar kein Auto.« Janina streift sich eine Locke aus ihrem Gesicht.

»Na, dann wäre das doch eine geeignete Gelegenheit. Lassen Sie mich wissen, ob Sie meine Fahrdienste in Anspruch nehmen möchten.« Mit einem aufrichtigen, jungenhaften Lächeln strahlt er das Faltblatt an. »Wissen Sie was, ich schicke Ihnen schon mal ein Informationsblatt zu. Dort können Sie ganz in Ruhe nachlesen, wann welcher Referent seinen Fachvortrag halten wird.«

Janina fühlt ihre Gedanken kreisen. »Ich werde darüber nachdenken.« Ihr Blick fällt auf ihren Schoß, dann suchen ihre Augen ratlos im Zimmer umher.

»Rufen Sie mich gerne an. Jederzeit. Auch privat. Ihre Sache ist mir sehr wichtig. Ich stehe Ihnen zur Verfügung.« Dr. Heilmann grinst breit und reibt sich vergnügt die Hände, nachdem er das Gespräch beendet hat.

... bitte ich Sie, da mich diese Fragen nach wie vor sehr beschäftigen und meine Entscheidung für eine weitere Therapie stark blockieren, um eine Stellungnahme.
Mit freundlichen Grüßen

Janina Krone

Was meinst du, kann man das so formulieren?« Janina reicht Lena den Entwurf des Schreibens, das sie für die Klärung der Angelegenheit an die Klinik in Osnabrück schicken möchte.
»Ich glaube nicht, dass du eine Antwort bekommst.« Lena kaut lautstark Erdnussflips, während ihre Hand in der knisternden Tüte bereits wieder auf Beutefang ist.
»Warte ab, die können sich doch denken, dass ich nicht lockerlasse.« Janina steht mit auf dem Rücken gefalteten Händen vor dem Fenster und starrt in den Regen.
»Hast du eine Ahnung. Die sitzen das aus. Was willst du denn machen?« Mit erwartungsvoll zu Janina gerichtetem Blick schiebt sie sich eine weitere Portion des Salzgebäcks in den Mund.
»Warum sollten sie schweigen, wenn sie nichts zu verlieren haben?« Sie dreht ihren Kopf zu Lena herum und verharrt in dieser Position. Lena schweigt. »Versetze dich doch mal in deren Lage. Ein Krankenhaus will sich profilieren. Brustzentrum werden.« Sie unterstreicht ihre Aussage mit erhobenem Zeigefinger, während sie von ausgeatmeter Erdnussluft eingehüllt wird. »Dann kommt da so eine kleine Janina Krone und will ihnen einen Strich durch die Rechnung machen?« Mit erwartungsvollem Blick sieht sie Lena an.
»Du, ich glaube nicht, dass du wichtig genug bist, dass man dir eine ausführliche Antwort auf deine Fragen zukommen lässt. Und wenn die was zu verbergen haben, erst recht nicht. Die wären ja schön blöd.« Lena reibt ihre Hände aneinander, um sie von Salz und Krümeln zu befreien. »Die haben bestimmt etwas anderes zu tun, als sich mit einem kleinen Kunstfehler zu beschäftigen.«

Die restlichen Krümel wischt sie energisch vom Schoß und fegt sie unter den Tisch.

»Kleiner Kunstfehler?« Entsetzt dreht sich Janina jetzt frontal zu Lena und stemmt ihre Arme in die Seite. »Ich will das geklärt haben. Lückenlos. Es kann nicht sein, dass entgegen der Absprache eine Operation komplett anders durchgeführt wird.« Entrüstet stiefelt Janina zu dem in die Jahre gekommenen Specksteinkamin, ergreift einen großen Holzscheit und öffnet quietschend die Glastür. Heiße Luft steigt ihr entgegen.

»Es ist doch was gefunden worden.« Lena knüllt die Tüte zusammen, legt sie neben sich auf die Couch und sieht Janina gespannt an, während die Tüte sich leise raschelnd wieder entfaltet.

Den Holzscheit noch in der Hand haltend, lässt sich Janina auf einem Knie nieder und dreht sich halb zu Lena um. »Weißt du, das ist schon ein ganz komischer Zufall.« Inzwischen fällt die Kamintür langsam wieder zu. »Da wird neben dem Ding, was eigentlich entnommen werden soll, ein bösartiger Tumor gefunden. Angeblich, wohlgemerkt. Zufälligerweise wird der eigentliche Tumor überhaupt nicht entfernt. Und durch einen ganz dummen Zufall habe ich jetzt eine riesige Narbe an einer Stelle, die gar nicht betroffen war. Und das Ganze abgerundet in einem Krankenhaus, das nur zufällig darauf wartet, endlich das Zertifikat für ein qualifiziertes Brustzentrum zu bekommen? Da brat mir doch einer 'nen Storch.« Wütend zieht sie erneut am Griff, wirft den Scheit entschlossen auf die Glut und schließt lautstark die Kamintür. Beißender Qualm verteilt sich langsam in dem kleinen Zimmer.

»Du spinnst. Die kommen doch in Teufels Küche, wenn deine Vermutung wirklich wahr sein sollte. Stell dir mal vor, das kommt raus.« Lena hustet und wedelt mit ihrer Hand vor dem Gesicht, um sich frische Luft zuzuführen.

»Was soll denen denn passieren?« Janina geht mit schnellen Schritten wieder zum Fenster und öffnet es einen kleinen Spalt. Regen prasselt herein. »Setzen wir mal voraus, ich bin kerngesund. Also wäre ich nach der Therapie, die der ganze Quatsch ja nach sich zöge und die augenscheinlich völlig überflüssig wäre, ebenfalls völlig gesund. Eins-a-Therapieerfolg. Könnte doch gar nicht besser laufen.« Janina stößt sich von der Fensterbank ab und erreicht mit ein paar kurzen Schritten wieder die Feuerstelle, öffnet die Luke für die Frischluftzufuhr am Kamin, um den Flammen Nahrung zu geben. Der Rauch hinter der Glasscheibe verdichtet sich sichtlich. »Und die klopfen sich nachher alle gegenseitig auf die Schulter, haben eine junge Frau geheilt, was für eine Heldentat. Nur, dass die junge Frau niemals krank war, erfährt ja keiner. Nicht einmal sie selber, wenn sie die Sache nicht kritisch hinterfragt und sich bedingungslos den Halbgöttern in Weiß ergibt.« Sie stützt sich auf Knie und Ellenbogen vor die offene Luke und pustet von unten in den Luftschacht. Aschepartikel stieben in ihr Gesicht. Sie schreckt zurück und reibt sich die Augen.

»Willst du deine Gesundheit aufs Spiel setzen?« Lena greift sich die Wolldecke, die hinter ihr auf der Lehne liegt, und zieht sie sich vor Gesicht und Nase, so dass nur noch die Augen einen Spaltbreit herausgucken.

»Das ist doch genau das Problem. Darauf spekulieren die doch. Wer zweifelt schon die Diagnose *Krebs* an?« Sie wischt die Aschereste aus dem Gesicht, streicht mit ihrer Hand nach hinten über die Haare und schließt die Luftzufuhr der Kaminklappe bis auf einen Spalt. »Bei so einer Hiobsbotschaft ist doch jeder darauf bedacht, alle Hebel in Bewegung zu setzen, die seiner Gesundheit zuträglich sind.« Sie lässt sich im Schneidersitz auf dem kleinen runden Teppich nieder, der vor dem Kamin liegt. Diverse Brandflecke zeugen davon, dass dies sein angestammter Platz sein muss.

»Nur du nicht.« Lenas Augen blinzeln traurig hinter der alten, blauen Wolldecke hervor. Der Wind stößt das Fenster ein wenig weiter auf. Janina blickt eine Weile auf die ins Zimmer wehende Gardine und schweigt. Ihr Blick fällt wieder auf die Flammen, die inzwischen zu einem stattlichen Feuer angewachsen sind. Sie schließt die Luke, dreht sich umständlich aus dem Schneidersitz in den Stand und trottet behäbig zum Fenster. Sie schließt es nicht gleich, schaut eine Zeit lang in den Regen und spürt, wie der Wind ihn auf ihr Gesicht trägt. Die Traurigkeit in ihr sucht sich ihren Weg. »Weißt du«, sie wischt sich unbemerkt die Nase, »vielleicht haben sie recht. Kann natürlich alles sein.« Tränen haben ihren Handrücken benetzt, sie wischt sich die Hand in ihrer ausgeblichenen Jeans ab. »Ich habe ein ... wie soll ich sagen ... ein«, sie sucht in der engen Hosentasche nach einem Taschentuch und zwirbelt es umständlich mit Daumen und Zeigefinger ans Tageslicht. »Na ja, eben ein ganz gutes Bauchgefühl. Eine innere Stimme, weißt du?« Lautstark verschafft sie ihrer Nase Luft.

»Du solltest vom offenen Fenster wegkommen, du erkältest dich noch.« Besorgt hüllt sich Lena fester in ihre Wolldecke. Es fröstelt sie.

»Irgendwann weiß man zu unterscheiden, was man sich einredet und was so richtig von innen herauskommt«, möchte Janina Lena überzeugen und sucht nach einer weiteren freien Stelle im Taschentuch.

»Meinst du nicht, das ist Wunschdenken?« Lena zieht ihre Beine an, legt ihre Arme darum und stützt ihren Kopf auf die Knie.

Janina wird fündig und schnäuzt ein weiteres Mal aus voller Kraft. »Denken, glauben, wissen. Manchmal ist es ein schmaler Grat. Kennst du das nicht von dir selber auch?« Sie schließt das Fenster und lehnt sich wieder an die Fensterbank.

»Klar, aber bei mir geht das immer daneben. Ich stehe grundsätzlich an der falschen Schlange, obwohl ich vorher immer glaube, mich an der richtigen Kasse angestellt zu haben.« Lena versucht, die angespannte Stimmung ein wenig aufzulockern.

»Du guckst vielleicht nur, wo weniger Kunden stehen.« Dankbar greift Janina die Episode auf, um sich von ihren Tränen abzulenken. »Guckst du aber auch mal in die Einkaufswagen? Und wenn du meinst: *Wenig drin, schnell durch*, dann irrst du dich. Scannen geht weitaus schneller als der Bezahlvorgang. Lass lieber drei volle Wagen vor dir sein, als zehn fast leere.« Sie lächelt gequält.

»Danke für den Tipp. Vielleicht sollte ich mich öfter auf dich verlassen.« Lena streckt die Arme in Janinas Richtung und bedeutet ihr, zu ihr zu kommen. Janina zögert ein wenig und entschließt sich dann langsam zur Couch zu gehen. Im Vorbeigehen legt sie noch einen großen Holzscheit auf. Knisternd antwortet die Glut, dann setzt sie sich neben Lena auf die Wolldecke. Schweigend schauen beide in die Flammen. Lena zieht die Decke unter Janina heraus und legt ihren Arm um sie. Janina lässt sie gewähren, lehnt sich dicht an sie und hüllt die Decke um sich.

»Was hast du denn, Papa?« Mirco stützt seinen Kopf in die linke Hand, während der Löffel in der anderen klappernd in der Milch nach einer neuen Fuhre Müsli fischt.

»Ist alles o.k.« Ein kurzes halbherziges Nicken unterbricht seinen Gedankenfluss. Dr. Heilmann überfliegt die Tageszeitung, ohne den Inhalt der Artikel wirklich wahrzunehmen. Er nimmt einen großen Schluck Kaffee und stellt den Becher geräuschvoll auf den mit einer Plastikdecke verhüllten Glastisch.

»Geht es dir gut, Schatz?« Seine Frau greift zur Kaffeekanne und schenkt ihm seinen Porzellanbecher erneut voll. »Du bist seit Tagen so nachdenklich.« Ohne ihn anzusehen, schraubt sie den abgenutzten Plastikdeckel wieder fest auf die Kanne.

»Ja, ja, es ist alles in Ordnung«, wiegelt Dr. Heilmann ab. »Ich bin einfach nur ein bisschen überarbeitet.« Er schlägt die ohnehin nicht gelesene Zeitung wieder zu und schaut beiläufig auf seine Armbanduhr. »Wir sollten uns mal wieder einen kleinen Urlaub gönnen, Liebling.« Er schaut gehetzt aus dem kleinen Fenster mit dem Gitterkreuz, dessen untere Scheibenhälfte mit einer weißen Gardine bedeckt ist. Während er sich diesen Vorschlag sagen hört, gesteht er sich eine gewisse Unehrlichkeit ein.

»Das ist eine hervorragende Idee!« Begeistert rückt seine Frau ihren Stuhl näher an den Tisch. »Was hältst du von einem Skiurlaub?« Sie faltet ihre Hände, stützt ihr Kinn darauf und lächelt ihn freudestrahlend an.

»Wunderbar.« Er löst seinen Blick von den Butzenscheiben und versucht, seine innere Unruhe zu verbergen. »Da werde ich sicher ein wenig ausspannen können.« Er schiebt beim Aufstehen seinen Stuhl zurück und greift zu einem Apfel aus der Obstschale. »Ich werde die Praxis nicht so lange alleine lassen können.« Er schaut auf die rot glänzende Schale, reibt ihn ein paar Mal über seinen Pullover und lässt ihn nach einem prüfenden Blick in seiner Aktentasche verschwinden. »Du weißt, die Abrechnung steht vor der Tür.« Im Gehen greift er noch einmal zu seinem Kaffeebecher und nimmt gedankenlos einen weiteren Schluck. Während sich die heiße Flüssigkeit in seinem Mund ausbreiten will, beißt er die Zähne zusammen und zieht erschrocken die Lippen auseinander. Heftig saugt er kalte Luft in seinen Mund, um den Schleimhäuten Kühlung zu verschaffen. »Was haltet ihr davon«, er wischt sich mit der Hand über die Lippen, »wenn ihr schon ein paar Tage vorher anreist«, frohlockt er und beißt noch einmal in sein Honigbrötchen, um den Kaffeegeschmack loszuwerden.

»Das macht mich ein wenig traurig.« Seine Frau zuckt mit den Schultern und beginnt, das Geschirr zusammenzuräumen. »Du weißt, ich fahre nicht gerne alleine«, erwidert seine Frau und schiebt einen Stapel Teller auf der Arbeitsplatte beiseite.

»Du bist doch nicht alleine. Mirco und Aileen fahren doch mit dir.«

Mirco hat inzwischen gelangweilt die Rosinen aus dem Müsli auf dem Tellerrand platziert.

»Ja, natürlich, du hast recht.« Sie greift zum Teller ihres Sohnes. »Magst du nicht mehr?« Mirco schüttelt den Kopf. »Ich bin ja auch froh, mal ausspannen zu können.« Sie schiebt mit einem Löffel die Rosinen in den Abfalleimer unter der Spüle. »So ein Leben als Arztfrau ist schon anstrengend«, gibt sie lachend zu verstehen und bückt sich, um den Schalter des Durchlauferhitzers unter der Spüle zu betätigen.

Dr. Heilmanns Miene verfinstert sich. Entschlossen schiebt er den Stuhl wieder dichter an den Tisch und begibt sich in den Flur.

»Warum guckst du so böse, Papa?« Aileen bemerkt deutlich die Wesensänderung ihres Vaters und sieht ihn mit großen Kinderaugen an.

»Alles in Ordnung, kleine Prinzessin, ich habe gerade daran gedacht, was heute auf mich zukommt«, lügt er seine Tochter an und erhellt sein Gesicht mit einem Lächeln. »Aber der Rubel muss ja rollen, stimmt's?«, versucht er seinen Gemütszustand wieder in vernünftige Bahnen zu lenken. »Man kann sich die Krankengeschichten ja nicht aussuchen. So, ich muss jetzt los.« Mit seiner Aktentasche unter dem Arm zieht er seinen Mantel vom Garderobenhaken. »Passt schön auf in der Schule und seid fleißig.« Bereits mit einem Arm im Ärmel verschwunden, öffnet er den kleinen Schlüsselkasten an der Wand und greift zu einem großen Bund. »Papa muss jetzt Geld verdienen.« Er grinst seine Kinder an und versucht so natürlich wie möglich zu wirken. »Schau dir doch schon mal ein paar Kataloge an«, er nestelt mit seinem zweiten Arm nach dem anderen Ärmel, »und such uns ein schönes Liebesnest.« Mit gespitzten Lippen lehnt er sich gegen den Türrahmen in der Küche und wirbt vor seiner Frau um einen Abschiedskuss.

»Mach ich, Schatz, mit Kinderbetreuung?«, schiebt sie vielversprechend hinterher. Mit einem freundschaftlichen Klaps auf ihren Po verlässt Dr. Heilmann flugs die vertraute Umgebung.

Auf der Fahrt zur Praxis gelingt es ihm nicht, sein Gedankenkarussell zu stoppen. *Tue ich ihr wirklich einen Gefallen damit?* Er tritt die Kupplung und legt den ersten Gang ein. *Welchen Stein habe ich da jetzt ins Rollen gebracht?*, rätselt er, während er wie hypnotisiert auf das rote Licht der Ampel starrt. *Gesundheitsreform. Wer soll das alles bezahlen?* Verkrampft behält er den Knauf der Gangschaltung in der Hand. *Wie soll das alles werden? Jetzt hat sie ihre Untersuchung, aber zu welchem Preis? Kann ich das Programm stoppen? Kann ich überhaupt noch etwas stoppen?* Die Ampel schaltet auf Gelb, dann auf Grün. Der Blinker seines Wagens tickt gleichmäßig wie ein Geigerzähler. Fußgänger überqueren die Fahrbahn. Die gelbe Warnleuchte vor dem Überweg erlischt. Er schaut zur Sicherheit noch einmal über die rechte Schulter, dann biegt er ab. *Ich habe einen Fehler gemacht. Ich hätte sie nicht in das Programm aufnehmen dürfen.* Er hält mit beiden Händen das schwarze Lederlenkrad fest umklammert. *Liebesurlaub. Natürlich, vielleicht hilft das unserer Beziehung. Liebesurlaub. Kinderbetreuung.* Seine Gedanken überschlagen sich. *Sie wirkt so traurig. Eigentlich ein hübsches Mädchen.* Seine Blicke verfolgen eine Fußgängerin mit langen blonden Haaren. *Wann fangen eigentlich die Ferien an?* Um sich abzulenken, schaltet er das Radio an. Der automatische Sendersuchlauf lässt brockenweise Stimmengewirr aus den Lautsprechern. *Ich wollte ihr doch nur helfen. Ich habe einen großen Fehler gemacht.* Dann gibt er Gas.

»Mist, das Ding läuft nicht mehr so, wie wir es geplant haben.« Dr. Kilian schreitet im Stechschritt durch ihr Behandlungszimmer. »Die Kleine haut uns ab. Sie reißt uns rein. Felix hat angerufen. Er vermutet, sie hat Lunte gerochen.« Mit abfällig heruntergezogenen Mundwinkeln wirft sie ihren Kopf in den Nacken.

»Ich habe dich gewarnt. Ich habe schon geahnt, dass da irgendetwas schiefgehen wird«, entgegnet Dr. Zader mit einem weisen Unterton.

»Wir müssen handeln«, beginnt Dr. Kilian ihren Plan zu erläutern und zupft nervös eine Zigarette aus dem silbernen, auffallend mit Strasssteinen verzierten Metalletui.

»Sei froh, wenn sie schweigt«, gibt Dr. Zader ängstlich zu bedenken.

Dr. Kilian dreht die Zigarette nachdenklich zwischen den Fingern hin und her und lässt das Etui geöffnet in der Hand verweilen. »Das ist das Stichwort.« Mit einem lauten Schnappen klappt sie die Metallschachtel in ihrer Hand zu. »Wir werden sie zum Schweigen bringen.« Entschieden hält sie das Nikotinstäbchen vor ihre Augen und drückt es mit ihrem Daumen durch Zeige- und Mittelfinger. Wie ein schwacher Zweig zerbricht das Stäbchen zwischen ihren Fingern und Tabakkrümel rieseln auf den Linoleumboden.

»Bist du verrückt geworden?« Entsetzt haut Dr. Zader mit ihrer flachen Hand auf den Schreibtisch. »Du kannst das Mädchen doch nicht auslöschen.« Bitterböse tritt sie einen Schritt dichter an Dr. Kilian heran.

»Wir werden keine Spuren hinterlassen. Das verspreche ich dir.« Ein hämisches Lächeln zieht über ihr Gesicht. »Ich setze doch nicht meine Karriere aufs Spiel.« Siegessicher stützt sich Dr. Kilian mit beiden Händen vor Dr. Zader auf den Schreibtisch und blickt ihr fest in die Augen.

»Da mache ich nicht mit!« Entrüstet wendet sich Dr. Zader ab.

»Mitgehangen, mitgefangen!«, versetzt Dr. Kilian ihre Mitwisserin in Angst und Schrecken und zieht mit einem Blick zur Decke fast kindlich unschuldig eine Schulter hoch. »Wenn die Kleine nicht so will wie wir, dann werden wir nachhelfen müssen.« Dr. Kilian schreitet lächelnd den Arzneischrank ab. »Alles wird ganz natürlich aussehen. Selbstmord, verstehst du?« Spielerisch tippt sie auf eine der zahlreichen Schubladen. »Nach dieser Diagnose macht das Leben doch keinen Spaß mehr.« Als schöbe sie lockend ihren Zeigefinger unter den Krawattenknoten ihres Liebsten, verschwindet ihre Fingerspitze unter dem Griff des Arzneifachs. »Prognose: Brustamputation, Chemo, Glatze.« Vorsichtig zieht sie das Schiebfach auf und schaut beglückt auf den Inhalt, als läge ihr neugeborenes Kind darin. »Ich bitte dich, da riecht man den Tod doch schon.« Schnell und mit Bedacht, als könne etwas verloren gehen, verschließt sie das Fach wieder. Den Finger noch unter dem Griff belassend, schaut sie sich vorsichtig um, als könne man ihren Plan im Vorwege entdecken. Dann dreht sie sich entschlossen um. »Pass auf, ich habe mir gedacht, dass wir die Sache so angehen: ...«

»Schicke ihr doch eine Einladung.« Mit übereinandergeschlagenen Beinen lehnt sich Dr. Kilian selbstbewusst in ihrem bequemen Chefsessel zurück.

»Das kann ich nicht machen.« Blinzelnd lässt Dr. Heilmann die Jalousie im Sprechzimmer herunter, um nicht von den grellen Strahlen der einfallenden Mittagssonne geblendet zu werden.

»Willst du aus der Geschichte heil herauskommen oder nicht?« Elegant stößt sie sich mit einem Fuß, der in einem schwarzen Pumps steckt, am Boden ab, vollführt in ihrem Stuhl eine halbe Drehung und endet mit einer geschmeidigen Bewegung vor dem Fenster. Erfolgsverwöhnt strafft sie ihre Haltung und blickt in eine der vielen, symmetrisch angeordneten Scheiben des Atriums.

»Verdammt«, murmelt Dr. Heilmann mit leerem Blick.

»Die Kleine hat sich doch ein bisschen in dich verguckt, oder?« Dr. Kilian spielt mit vielsagendem Unterton auf die von ihm geschilderte Sympathie für seine junge Patientin an. »Ich erinnere noch deine Worte: *Nettes Mädchen. Ich werde sie überzeugen können. Sehr nettes Mädchen. Das wird ein leichtes Spiel.*« Siegessicher vollführt sie eine weitere halbe Drehung, um wieder an ihrem Schreibtisch in Stellung zu gehen. »Na, also. Dann ist sie doch gerade in dieser Situation für ein bisschen Zuwendung offen. Und im Übrigen, ein bisschen Abwechslung tut dir doch auch gut. Ich weiß doch, wie gerne du naschst.«

Dr. Heilmann schiebt nervös die Jalousie einen Spaltbreit auseinander und schaut auf das mittägliche Treiben in der Fußgängerzone.

»Lade sie ein. Lass dir etwas einfallen. Sag ihr, es findet ein Empfang mit hochrangigen Ärzten statt und du möchtest ihr anbieten, die Gelegenheit zu nutzen, ihre offenen Fragen zu klären.« Wie selbstverständlich greift sie zu einem Kugelschreiber und zeichnet mit einem triumphierenden Lächeln kleine Smileys in ihren Kalender. »Ganz unverbindlich.« Sie versieht den letztgemalten Smiley mit einem zwinkernden Auge.

»Ihr seid Schweine.« Mit zornverzerrten Augenbrauen wendet

er sich vom Fenster ab und schreitet raumgreifend zur Eingangstür.

»Mach, oder das wird dein Ruin. Willst du deine Familie vernichten, deine Karriere, dein Leben?« Sie lässt siegessicher den Kugelschreiber auf die Schreibtischunterlage fallen und setzt sich glamourös wie ein Filmstar im Sessel zurück.

»I h r vernichtet mein Leben.« Seine Miene gefriert. Entschlossen dreht er den Schlüssel zweimal im Schloss und fasst zur Sicherheit an die Klinke.

»Du wirst ihr zu einer ganz besonderen Gelegenheit, aus einem ganz besonderen Anlass einen ganz besonderen Cocktail servieren.« Sie erhebt sich von ihrem Sessel und streicht ihren blütenweißen Kittel am Gesäß glatt. »Wenn du verstehst, was ich meine.« Mit übertriebener Sorgfalt entfernt sie zwei kleine weiße Fussel von ihrem schwarzen Rock, der knapp ihre Knie bedeckt.

»Sie wird danach tun, was du ihr sagst.« Dr. Heilmann fühlt, wie sich seine Kehle zuschnürt. »Du hast doch nicht etwa Angst?« Mit selbstgefälligem Blick betrachtet sie ihr Profil im Spiegel. »Mach dir keine Sorgen. Ich beschaffe dir das perfekte Alibi. Wir werden kurzfristig eine dringende Sitzung einberufen für den nächsten Kongress. Selbstverständlich besteht Anwesenheitspflicht. Solche Tagungen ziehen sich bis spät in die Nacht ... und oft bis in die frühen Morgenstunden.« Mit einem süffisanten Lachen begegnet sie ihrem Spiegelbild.

»Soll ich mich verkleiden oder wie glaubst du, kann ich unerkannt einen Kongress besuchen.«

Lächelnd erhebt sie den drohenden Zeigefinger, als schelte sie ein kleines Kind. »Felix, tz, tz. Man braucht kein Gesicht zu verstecken, das niemand sieht, für ein Ereignis, das nicht existiert, um ein Vorhaben zu vertuschen, von dem niemand erfährt. Du wirst für dein Herzblatt doch vorher schon eine kleine Überraschung am Seeufer bereithalten. Ich stelle mit Bedauern fest, dass deine romantische Fantasie deutlich eingerostet ist. Soll ich dir ein wenig Nachhilfe geben?« Höhnisch klingt blechernes Lachen an sein Ohr.

»Ach, hör doch auf.«

In der Gewissheit, einen verletzlichen Punkt getroffen zu haben, bohrt sie den Stachel weiter in die Wunde. »Ein Gläschen Sekt, ein ganz besonderes Gläschen Sekt oder zwei, dezent präpariert natürlich.« Ihre Zunge fährt sündig über ihre Lippen.

»Und die Obduktion bringt es an den Tag.« Entsetzt über Dr. Kilians dunkle Absichten schlägt er mit der Faust auf den Tisch. »Mit mir nicht!«

Mit einem verheißungsvollen Augenaufschlag betört sie ihr Gegenüber. »Felix, was glaubst denn du. Amateure haben andere Namen. Kaminsky ist auf unserer Seite.« Stolz wie ein Flamingo schreitet sie mit ihren wohlgeformten langen Beinen zu ihrem Aktenschrank.

»Mitri? Was hat der denn damit zu tun?« Sein Gesicht wird totenblass. Er spürt, wie seine Knie zu zittern beginnen. »Für einen kleinen Obulus ist er gerne zu einer *guten Tat* bereit.« Er spürt einen Stich in seinem Herzen. »Mmh, im Übrigen frisst er mir aus der Hand.« Ohne auf ihre Bemerkung einzugehen, kerben sich tiefe Sorgenfalten in seine Stirn. »Er liebt es ein wenig – hart – wie du, mein Schatz.« Ihre dunkelrot lackierten Fingernägel ziehen tiefe Furchen in die weiche Schreibtischunterlage.

»Hör auf! Du willst sie doch nicht verschwinden lassen.« Nervös zerrt er mit einem Ruck den Stuhl zu sich heran.

»Sein Frauchen ist ein ganz biederes Mäuschen.« Während sie ihre Unterlippe ganz langsam mit vorgeschobenem Kinn unter ihren Zähnen hervorzieht, klappt sie ihre Puderdose wie eine kleine Schatzkiste auf und haucht verrucht ihren heißen Atem auf den kleinen Spiegel. »Handschellen? Da versinkt sein kleines Madamchen doch vor Scham in purpurnstem Rot.« Sie lacht schallend und greift mit dem Daumen in den Saum ihres engen Rocks und poliert genüsslich das beschlagene Glas. »Nun Mitri wird sein Öfchen gerne ein wenig länger warm halten.« Seine Hände beginnen leicht zu zittern. »Leise knisternde Flammen. Du kannst zusehen, wie sie in züngelnder Leidenschaft dahinschmilzt.« Elegant betupft sie ihre Nasenspitze mit der zartbeigen Textur.

»Du bist abartig.« Verächtlich schnaubt er seine Wut durch die Nase. »Und wer soll das Ableben quittieren?« Dr. Heilmann fühlt eine eisige Kälte in sich aufsteigen.

»Wen kümmert es schon, wenn eine obdachlose Drogentote unsere schöne heile Welt verlässt. Wir werden ihre Identität Janina zuspielen. Da ist der Totenschein doch nur eine Farce. Und im Übrigen: Identifizierung einer aufgequollenen, halb verwesten Wasserleiche? Unzumutbar. Angehörige? Keine Spur.« Lautlos schließt sie die goldschimmernde Schatulle. »Am Schicksal zerbrochen. Eine letzte *Reise* bei Sonnenuntergang am See, das ist doch schon fast tragisch.« Eine Mischung aus Resignation und Zorn lässt ihn erstarren.

»Was macht dich so sicher, dass dein Mitwisser schweigen wird?« Hoheitsvoll dreht sie sich auf ihrem Stuhl zu den präzise geordneten Akten und ergreift einen Ordner. Sie schlägt ihre makellosen Beine wie eine Diva übereinander und fährt mit ihrem Zeigefinger suchend den Index entlang. »Wessen Seele könnte schwärzer sein als die von Mitri?« Mit einem dumpfen Knall schließt sie den Ordner. Mein Kleiner. Wenn meine Glasscherben seine Brustwarzen ritzen ... wenn kochend heißes Wachs auf seine Hoden tropft ... wenn meine Peitsche auf seinen weißen, behaarten Arsch knallt, bis warmes Blut aus den Striemen sickert ...« Mit einem zufriedenen, bösartigen Lächeln sinniert sie über die vergangenen Episoden.

»Du hast dein Herz schon lange ermordet.« Nervös blicken seine Augen ziellos umher.

»Liebling, du solltest tun, was ich dir sage.« Schweigend schüttelt Dr. Heilmann seinen Kopf. »Dein Weibchen wird sich freuen, wenn sie zu sehen bekommt, wie knallhart du mich in den Arsch gefickt hast.« Er fühlt, wie sich ein eiserner Ring um seine Brust legt. »Immer härter, immer fester hast du zugestoßen. Geschrien habe ich, vor Lust und weil du mein Arschloch blutig eingerissen hast.« Er spürt, wie er es nicht verhindern kann, dass seine Hose beginnt, sich im Schritt zu spannen.

»Hör auf! Hör auf.«

Ohne mit der Wimper zu zucken, schürt sie das Feuer weiter. »Wer ist es denn gewesen, die immer wieder für dich da war, als sich deine Frau deinen perversen Spielchen verweigert hat?« Sie setzt ihre Beine nebeneinander auf und gleitet langsam zur Sitzkante vor, während ihr hautenger schwarzer Rock langsam an den seidig glatten Beinen hinaufrutscht. »Wie eine Schlange hat dein Gürtel gezischt, als er knallend auf meinen Hintern traf. Einmal. Zweimal. Dreimal. Erinnerst du dich, wie die Kamera heimlich und leise gesurrt hat?« Sie greift einen Bleistift und fährt langsam an den Innenseiten ihrer Oberschenkel entlang. »Du bist so tief in mich eingedrungen, wie noch niemand zuvor.« Mit dem Stift streicht sie zart über den schwarzen Spitzenslip.

»Verdammt, hör auf.«

Vorsichtig beginnt sie sich seitlich mit dem Stift Eingang zu verschaffen. »Du willst es nicht hören?« Widerwillig und ohnmächtig sieht er seine Manneskraft wachsen. »Ich kann mich noch sehr gut erinnern, wie du auf meinen Arsch geschlagen hast, damit ich noch lauter schreie. Das kannst du doch nicht vergessen haben? Die Kamera hat es sich sehr wohl gemerkt.« Lautlos und tief gleitet der Stift in sie hinein. Leise unterdrückt sie mit geschlossenen Augen ein Stöhnen.

»Du Luder.«

Immer heftiger werden ihre Bewegungen. Ihr Finger drängt durch den engen Muskel. »Glaubst du nicht, dass eine anonyme DVD dein, ach so klassisch perfektes Zuhause ein wenig aufmischen würde? Nicht ganz jugendfrei, aber sehr effektiv. Wir wollen doch nicht, dass diese Aufnahmen in falsche Hände geraten.« Ihr Atem wird heftiger. »Und dann, als du kamst, hast du dich in meine Haare gekrallt und meinen Kopf nach hinten gerissen. Oh Liebster, unterschätze mich nicht.« Ihr Mund öffnet sich langsam.

»Ich bin nicht dein Liebster.«

Dann hält sie für ein paar Sekunden den Atem an und haucht wohlgefällig tief und lange aus. »Ach, nicht mehr?« Regungslos verharrt sie eine Zeit lang mit gespreizten Beinen. »Du konntest doch gar nicht genug bekommen.« Dann zieht sie gemächlich den Slip über die empfindliche Wölbung. »Ich erinnere mich noch sehr gut an deine unersättliche Zunge, als du feinste Confiserie in mich hineingesteckt hast und mich angeheizt hast, damit sie schmilzt und du sie auflecken konntest.« Langsam räkelt sie sich wieder in die aufrechte Sitzposition und greift zu einem Taschentuch.

»Ich will davon nichts mehr hören!«

Schweigend nimmt das Papiertuch die Spuren in sich auf.

»Dann tu, was ich sage. Und denke an die Statistik, Zahlen lügen nicht.« Mit schnellen Handbewegungen entledigt sie sich des Taschentuchs und streicht dann den schwarzen Stoff über ihrem Po glatt. »Wir brauchen sie. Und wenn sie nicht mitspielt, hat sie verloren. Sie hatte ihre Chance.« Mit spitzen Fingern hält sie ein Härchen wie eine Trophäe vor ihre Augen. »Midazolam. Sie wird sich an nichts erinnern. Sie wird auch keine Gelegenheit mehr haben, sich zu erinnern.« Dr. Kilian kneift ihr linkes Auge und bläst mit vorsichtig gespitzten Lippen auf das im Windhauch zitternde Härchen.

»Ihr seid kaltblütig.« Er zieht den Schlüssel ab und kehrt zornig zum Schreibtisch zurück.

»Es geht um unsere Karriere, unsere Klinik, unser Zertifikat.« Sie presst einen schärferen Windstoß durch den schmalen Lippenspalt und öffnet die Finger. »Sollen wir das durch so eine Verräterin aufs Spiel setzen?« Orientierungslos schwirrt das Härchen erst schnell von ihr fort, steigt noch ein wenig empor, trudelt dann ganz gemächlich in Richtung Boden und landet in weiter Entfernung auf dem abgetretenen Linoleum.

»Sie weiß ja nicht einmal, dass sie Spielfigur in eurem verdammten Spiel ist.« Dr. Heilmann atmet hörbar durch seine Nase.

Übertrieben penibel reibt sich Dr. Kilian ihre Finger aneinander, als wolle sie sie von lästigem Schmutz befreien. »Rauswerfen ist Pflicht.« Und streicht die Hand nach einem prüfenden Blick auf die Fingerspitzen zusätzlich am Kittel ab.

»Wie könnt ihr das Leben mit einem Brettspiel vergleichen?«

Kopfschüttelnd schreitet er gemächlich wie ein Sargträger an seinen Schrank und lässt mit schräg geneigtem Kopf den Blick über die zahlreichen Buchrücken schweifen.

»Ist nicht das ganze Leben ein Spiel?« Mit einem vielsagenden Lächeln, das ihre schmalen, blutroten Lippen umspielt, beendet sie das Gespräch.

»Hast du dich schon entschieden?« Lena zieht ihren Finger langsam über die in der Speisekarte angebotenen Gerichte.

»Ich weiß nicht so recht. Vielleicht erst mal einen Salat?« Janina wiegt ihren Kopf langsam in beide Richtungen.

»Mit Krabben und Thunfisch?« Lena kennt Janinas Vorlieben und erahnt ihre Wahl.

»Na, wenn schon, denn schon. Ein anderer kommt nicht in Frage.« Energisch blättert sie weiter in den laminierten Seiten.

»Guten Abend. Darf es schon etwas zu trinken sein?« Erschrocken über den leisen Auftritt der Bedienung zuckt Janina zusammen.

»Oh ja, aber ich weiß noch gar nicht. Weißt du schon?« Janina sucht Lenas Blick und hofft auf eine Entscheidung.

»Was hältst du von einem schönen Rosé?«

Janina zögert. »Ich glaube, ich ziehe einen Weißwein vor.«

Mit suchenden Blicken schweift sie über das Weinangebot in der Karte.

»Lassen Sie sich ruhig ein wenig Zeit. Ich komme gerne noch einmal wieder.« Der Kellner zupft die Serviette über seinem Ärmel gerade und steckt diskret den Kugelschreiber in sein schwarzes Jackett.

»Ja, das ist eine gute Idee. Wenn Sie so lieb sind.« Mit einem freundlichen Nicken und einem höflichen Schritt rückwärts verlässt der Kellner den Tisch, um sich den anderen Gästen zu widmen. »Es ist ja noch der richtige Monat.« Janina hat zu den Speisen zurückgeblättert.«

Lena guckt verdutzt hoch. »Richtiger Monat?«

Wie selbstverständlich schaut Janina sie an. »Na mit ›r‹. Wegen der Muscheln.« Janina nickt ihrer Freundin besserwisserisch zu.

»Du und deine Muscheln. Dann nimmst du die eben.« Lenas Entscheidung fällt dann schließlich auch. »Ich nehme das Entrecôte. Und Kräuterbutter extra.« Entschlossen klappt Lena die Speisekarte zu und legt sie seitlich an den Tisch. »Was ist, nehmen wir jetzt den Salat vorweg?«

Janina wölbt ihre Unterlippe vor. »Na gut. Hoffentlich bekomme ich keinen Eiweißschock.« Sie strahlt Lena an.

Mit einem dezenten Fingerzeig gibt Lena der Bedienung zu verstehen, dass sie die Bestellung aufgeben möchte. Die schwarzen Lackschuhe gleiten fast lautlos über das Parkett und binnen Sekunden steht die schmale, schwarze Gestalt in gebührendem Abstand wieder an ihrem Tisch.

»Sie haben gewählt?« Aus seinen Augen, aus denen jegliches Leben erloschen zu sein scheint, blickt er zunächst Lena, dann Janina an.

»Ja, bringen Sie mir bitte einen Chardonnay. Was meinst du?« Lena hat sich für einen Rotwein entschieden. »Ich hätte gerne einen Côtes du Rhône. Trinken wir einen Sherry vorweg?« Lena nickt mit gespitzten Lippen Janina zu.

»Was können Sie empfehlen?« Janina schaut mit seitlich geneigtem Kopf zu der Bedienung empor.

»Wenn Sie einen süßen Sherry bevorzugen, könnte ich Ihnen den Pedro Ximenez anbieten, wenn Sie eher einen trockenen vorziehen, wäre der Fino oder der Manzanilla ein wunderbarer Apéritif.« Seine knochigen, faltigen Finger umklammern den Kugelschreiber.

»Für mich bitte den Ximenez. Du auch?« Janina faltet artig ihre Hände und schaut Lena an.

»Ich probiere gerne den Manzanilla.«

Ohne aufzusehen, notiert der Kellner den Getränkewunsch. »Sehr wohl. Haben Sie das Menü bereits gewählt?« Ein Hauch von Kälte strömt aus seinem Inneren und umweht sacht den Tisch.

»Ja, wir haben uns entschieden. Für mich bitte die Soupe à l'oignon gratinée. Danach bitte das Entrecôte grillée, beurre maître d'hôtel, pommes frites et salade verte. Und einmal Kräuterbutter extra, bitte. »Weißt du auch schon?« Lena schaut zufrieden auf seinen Kugelschreiber, der die Bestellung eifrig auf dem weißen Zettel verewigt.

»Klar, ich hätte gerne die Soupe de poissons, croûtons et fromage und anschließend bitte die Noix de corquilles St.-Jaques gratinées sur lit d'épinard.« Mit einem bestätigenden Nicken zu Lena sieht Janina zufrieden zum Kellner auf. Seine gebogene Nase wirkt wie eine undurchdringliche Mauer zwischen seinen tief liegenden Augen.

»Sehr gerne, selbstverständlich, die Damen.« Mit einer dezenten Verneigung zieht er sich diskret zurück.

»Weißt du, ich komme mir vor, als wenn mir jemand ein Reklameschild umgehängt hätte.« Janina schüttelt den Kopf. »Alles schaut nur noch auf die bunt blinkende Leuchtreklame.« Mit einem Seufzer stützt sie ihr Kinn in die Hand.

»Wieso?« Lena schaut etwas irritiert zu Janina.

»Seitdem sich da irgendein Arzt diese dämliche Diagnose ausgedacht hat, zählt für niemanden mehr etwas anderes.« Janina schaut in die Flamme der langen, schlanken Kerze. »Ich zweifle die ganze Geschichte an. Das ist einfach so. Einfach ein Gefühl.«

Lena rückt ihr Besteck zurecht. »Niemand kann dir vorschreiben, was du tun sollst. Sicher, irren ist menschlich. Ärzte sind auch nur Menschen.«

Janina schlägt mit der flachen Hand auf den Tisch »... und jeder Arzt irrt!«, fällt sie Lena ärgerlich ins Wort. Der Ärger der vergangenen Wochen kocht in ihr hoch. »Wieso schaut denn keiner mehr hinter die *Reklame*? Die Diagnose macht alle völlig blind für die eigentliche Wahrheit. Eine Woche nach der OP hieß es doch noch, es sei alles in Ordnung. Entwarnung. Dann einen Tag später: Uups, wir haben da doch was gefunden. Wenn da was Verdächtiges gewesen wäre, hätte man das doch gleich gefunden, oder?« Janina versucht Lena eine Antwort zu entlocken.

»Janina, ich weiß es nicht.« Gedankenverloren tippt Lena an die schmalen rosa Blütenblätter der Geranie, die sich zart in die Tischdekoration einfügt.

»Wenn nicht inzwischen schon die Röntgenaufnahmen nach der OP gemacht worden wären, hätte ich vielleicht auch nicht solche Zweifel. Aber selbst da sieht man ja, dass der Knoten noch da ist. Ich bitte dich, das kann man doch nicht weglügen.« Janina legt ihre geöffneten Hände mit den Handrücken auf den Tisch.

»Eines ist sicher, so schnell gebe ich nicht auf. Ich habe meine *sieben Leben* noch nicht ausgeschöpft.« Mit gesenktem Blick legt sie ihre Hände übereinander.

»Was willst du tun?« Lena steht die Ratlosigkeit ins Gesicht geschrieben.«

Nach einer Weile besinnt sich Janina auf ein Telefonat. »Weißt du, Victoria rief mich vor Kurzem an.« Lena schaut sie schweigend an. »Sie hat mir von einer internen Information erzählt, in der es heißt, dass man sich nicht vorschnell operieren lassen sollte.«

Interessiert zieht Lena eine Augenbraue hoch. »Und wie begründet sie das?«

Janina versucht sich zu erinnern. »Es ging darum, dass eine Klinik, wenn sie als Brustzentrum anerkannt werden möchte, regelmäßig eine Reihe von Qualitätskriterien erbringen muss.«

Gespannt fordert Lena ihre Freundin auf, ihr Näheres mitzuteilen.

»Dazu gehört zum Beispiel die Vernetzung von Spezialisten, aber auch der Nachweis einer bestimmten Mindestanzahl von Behandlungen.«

Lena kommt ins Grübeln. »Als auf gut Deutsch, die wissen alle untereinander Bescheid und ziehen sich die benötigte Anzahl von Fällen an Land?«

Janina erinnert sich an weitere Details. »Gewissermaßen schon. Es gibt wohl bestimmte Zielgruppen, in denen eine Behandlung am lukrativsten ist, etwa Mitte vierzig bis Ende sechzig. Und innerhalb dieser Gruppen muss ein Brustzentrum mindestens 150 Operationen bei Neuerkrankungen vorweisen.«

Lena verschlägt es die Sprache. »Du glaubst, du bist denen in die Falle geraten?«

Janina zuckt die Schultern. »Ausschließen kann ich es nicht. Die vorgegebene Quote könne auf jeden Fall auch zu überflüssigen Operationen führen.« Fassungslos schiebt Lena ihr Besteck zur Seite. »Victoria hat mich eindringlich gewarnt. Ihre Information stammt aus sicherer Quelle. Und die, die nicht am Ball bleiben, bekommen ihr Zertifikat aberkannt.« Lena stützt sprachlos ihr Kinn in ihre Faust. »Und was mich auch noch beschäftigt, ist der Zeitungsartikel.« Gespannt wartet Lena auf die nächste Ausführung. »Ich habe gelesen, dass es in der Vergangenheit zu deutlich mehr Arztfehlern gekommen sein soll. Daraufhin wurde eine Forderung gestellt, dass ein bundesweites Melderegister eingeführt werden solle.«

Lena tut ihre Sorgen kund. »Meinst du, dass du davon profitieren kannst? Bis das kommt, das kann doch bestimmt ewig dauern. Und du brauchst *jetzt* alle erdenkliche Hilfe.«

Janina nickt zustimmend. »Du hast recht. Es ist schon bemerkenswert, dass die Zahl der Patientenbeschwerden um satte fünf Prozent gestiegen ist. Ganz zu schweigen von der Dunkelziffer. Was glaubst du, wie viele aus Angst vor den Halbgöttern in Weiß schweigen, weil sie sich vor dem fürchten, was passieren könne, wenn sie irgendwann einmal wieder mit irgendeinem Wehwehchen in ein Krankenhaus müssen. Wer weiß denn schon, wie Putschisten im klinischen Intranet registriert sind.« Lena öffnet die Lippen, als wolle sie etwas sagen, schweigt dann aber doch. »Aber das soll ja alles zunächst anonym bleiben. Ich fände es angebracht, wenn es zur Pflicht würde. Warum sollte man nicht auch Ärzte, die nicht ethikkonform arbeiten, aussortieren.«

Lena nickt. »Wenn das wirklich alles so ist, dann würden wahrscheinlich nicht viele übrig bleiben«, scherzt sie, merkt aber, dass in dieser angespannten Situation nicht viel Spielraum für Ironie bleibt.

»Sie gestatten? Der Pedro Xiemenez einmal für Sie.« Formvollendet stellt die Bedienung das zarte, halb gefüllte Glas an Janinas rechter Seite ab. »Und der Manzanilla für Sie, bitte sehr. Sehr zum Wohl.« Und wieder entfernt sich der hagere, dunkel gekleidete Mann fast schwebend von ihrem Tisch.

Rufen Sie mich gerne an. Jederzeit. Auch privat. Ihre Sache ist mir sehr wichtig. Dr. Heilmanns Worte hallen noch in Janinas Ohren nach. *Wieso bin ich ihm denn so wichtig? Ist es wirklich nur der gesundheitliche Aspekt oder ist da vielleicht sogar mehr.* Sie zieht sich die Daunenjacke über und schaut auf ihre Armbanduhr. *Gleich fünf nach halb, ich muss mich beeilen. Aber wie soll ich das herausbekommen?* Sie zieht die Tür hinter sich zu. *Ich kann ihn doch nicht einfach fragen.* Mit schnellen Schritten begibt sie sich in Richtung der Bushaltestelle. *Das ist doch Quatsch. Er ist verheiratet, hat zwei Kinder. Mann, der ist doch glücklich, hat doch alles im Leben erreicht.* Sie schaut sich während des Gehens immerfort um, ob der Bus schon in Sichtweite ist. *Warum sieht er mich immer so eindringlich an? Warum lässt er seine Hand länger als nötig auf meiner liegen.* Sie stolpert und zieht vor Schreck ihre Hände aus den Jackentaschen, fängt sich aber wieder. *Das sind doch alles nur Hirngespinste. Ich bin doch schon mehr als einmal auf die Nase gefallen.* Etwas außer Atem beschleunigt sie ihren Schritt noch etwas. *Wie soll das denn überhaupt funktionieren? Er verlässt doch nicht wegen mir seine Familie.* Nervös blickt sie sich immer wieder um. *Das sind bestimmt nur zufällige Blicke. Er guckt bestimmt immer so*, versucht sie sich zu beruhigen. *Aber wieso will er mit mir zum Forum. Ich kann ihm doch eigentlich völlig egal sein. Ich bin doch nur eine von seinen vielen Patientinnen.* Sie erreicht erschöpft die Haltestelle. *Ich habe zu viel Fantasie. Bestimmt. Aber, wenn er schon jahrelang in seiner Beziehung ist, vielleicht sucht er auch nur eine Abwechslung. Nein, dafür bin ich mir zu schade.* Sie tritt von einem Fuß auf den anderen, um die Kälte nicht so stark zu spüren. *Das ist es, der sucht bestimmt nur ein Abenteuer. Geld hat er ja bestimmt, um einem ein Rendezvous schmackhaft zu machen. Nein, das ist gemein. Vielleicht hat er ja gar keine Hintergedanken, vielleicht mag er mich ja wirklich.* Dann kommt der Bus. Schulkinder stehen schon auf den Stufen hinter der vorderen Tür. *Meine Güte, ich hätte einen Bus später nehmen sollen.* Janina quält sich auf die zweite Stufe und hält dem Busfahrer die Fahrkarte entgegen. *Er hat tolle Hände, echt tolle Hände. Schön groß ist er auch.* Sie schafft es gerade hinter den beweglichen Bügel, der den Busfahrer vom Durchgang zu den Sitzplätzen trennt. *Na ja, und die Augen sind ja auch nicht ohne. Klasse Farbe.* Sie schaut nach oben, um einen der verschiebbaren Haltebügel zu ergreifen, entscheidet sich dann aber doch für die Stange, neben der sie gerade steht. *Ich werde mir was klassisch Elegantes kaufen. Nur nicht so auffällig. Schön, wenn man Geburtstag hatte. Der kleine Obolus lässt sich doch nett anlegen. Vielleicht nehme ich auch eine schicke Kombination. Dunkelgrau.* Die stehenden Fahrgäste geraten mit einem heftigen Rutsch nach vorne. Ein Kind ist bei Rot über die Ampel gelaufen, um rechtzeitig zur Haltestelle zu gelangen. Der Busfahrer hupt, ein Raunen geht durch den Bus. *Was mache ich mit meinen Haaren? Hochstecken? Meine Güte, vielleicht will er ja gar nichts von mir. Vielleicht hat das ja wirklich nur den medizinischen Aspekt. Aber schick machen kann ich mich ja trotzdem. Was nicht ist, kann ja noch werden.* Die Türen öffnen sich, der kleine Junge steigt ein und muss eine Schimpftirade vom Busfahrer ertragen. Mehr Passagiere fasst der Bus nicht. Der Fahrer schließt die Türen und fährt weiter. *Meine Güte, Lippenstift habe ich ja auch nicht. Wimperntusche? Die ist uralt und bestimmt auch schon hart geworden. Pfefferminzbonbons für den guten Geschmack.* Sie drückt den Halteknopf, ein Signal ertönt. *Ich werde erst mal was essen. Ein Fischbrötchen.*

Janina schlendert gedankenverloren zum Marktplatz und durchwandert gemächlich die Gänge, bis sie auf den verlockenden Duft frisch geräucherten Fisches aufmerksam wird. Sie schaut auf die Auslagen und merkt, wie ihr das Wasser im Munde zusammenläuft. Ihre Wahl fällt auf ein Brötchen mit Bismarckhering und vielen frischen Zwiebeln dazu. Voller Vorfreude greift sie sich einige Servietten und nimmt den erstbesten freien Stehtisch in Augenschein. Herzhaft beginnt sie mit geschlossenen Augen, den ersten kräftigen Bissen des Brötchens zu genießen. Kaum dass sie den zarten Fisch auf der Zunge zergehen lässt, wird sie jäh durch einen Zuruf in die Realität zurückgeholt.

»Na, das ist ja ein Zufall.« Janina schreckt zusammen, als sie eine bekannte Stimme dicht hinter sich hört. *So ein Mist, ich hätte die Zwiebeln weglassen sollen.*

»Oh, Dr. Heilmann, Mittagspause?« Janina errötet, als Dr. Heilmann am Marktstand auf sie trifft.

»Sie haben Hunger, das sehe ich. Wie wäre es mit einem kleinen Happen? Ich lade Sie ein. Dann können wir ja mal ganz unter vier Augen das Weitere besprechen, einfach mal so ganz ungezwungen und ohne Praxisstress.« Dr. Heilmann strahlt sie aus vollem Herzen an.

Verstohlen lässt Janina das angebissene Brötchen in den Servietten verschwinden. »Das wäre eine gute Idee, aber ich habe gerade schon etwas gegessen.« Verlegen wischt sich Janina die Brötchenkrümel aus den Mundwinkeln. »Ein Brötchen.« *Wie überflüssig, was interessiert es ihn, ob ich was gegessen habe,* ärgert sich Janina und lächelt ihn verlegen an.

»Gar kein Problem. Ich muss sowieso etwas abnehmen. Was halten Sie davon, wenn wir einen Kaffee trinken gehen?« Er reicht ihr wie selbstverständlich freundschaftlich den Arm.

»Ich, ähm, ich ...«. Janina zögert und wirft ihre Serviette weg.

»Kommen Sie, Frau Krone, das können Sie mir nicht abschlagen.« In ihr keimt das Gefühl, sich ihm wie eine Marionette hingeben zu wollen. »Kommen Sie, ich kenne da ein nettes kleines Café, Geheimtipp«, fügt er vielversprechend hinzu und zwinkert sie an. Als schlösse sich ein Panzer um sie, folgt sie ihm und geht zunächst schweigend neben ihm her. »Es ist gar nicht weit. Gleich da vorne.« Er deutet mit seiner Hand auf ein Café in der kleinen Seitenstraße, in die sie gerade eingebogen sind. »Hier schmeckt der Latte Macchiato einfach umwerfend.« Janina bringt noch immer kein Wort heraus und nickt ihm dankend zu, als sie das Café erreichen und er ihr höflich die Tür aufhält. Sie geht vorsichtig an ihm vorbei und vermeidet jegliche Berührung. Unsicher schaut sie sich um und sieht ihn dann an, da sie es für angemessen hält, ihm die Platzwahl zu überlassen. Ihm scheint diese nonverbale Konversation nicht unbekannt. »Was halten Sie von dem netten Plätzchen da vorne?« Er deutet auf einen Zweiertisch in einer hinteren Ecke. Obwohl sie lieber am Fenster gesessen hätte, stimmt sie zu und gibt es ihm nickend zu verstehen. »Ich bin gerne hier, ab und zu. Einfach um abzuschalten.« Er schält sich aus seiner Jacke und hängt sie hinter sich auf seinen Stuhl.

»Die Musik gefällt mir hier.« Janina lauscht und sucht ganz beiläufig nach den Lautsprechern.

»Stimmt. Nennt sich, glaube ich, Chill-out-Musik.« Er lacht. »Aber ich bin da nicht mehr so auf dem Laufenden.«

Sie schließt sich unbeholfen seinem Lachen an. »Ja, früher kannte ich auch jede Gruppe in den Charts.« Verlegen greift sie zur Speisekarte, obwohl sie längst weiß, dass sie eigentlich nur einen Kaffee trinken möchte.

»Hallo. Wie geht's? Darf ich Ihnen schon etwas bringen?« Die Bedienung steht bereits mit Kugelschreiber und Notizblock neben ihnen.

»Ich nehme einen Latte Macchiato mit Karamelgeschmack. Ich mag es gerne süß und Sie?« Er sieht Janina auffordernd an.

»Einen Kaffee bitte.« Mit einem Nicken steckt sie die Karte wieder in den metallenen Halter auf dem Tisch.

»Kännchen, Becher oder Tasse?« Ohne aufzublicken, hält die Kellnerin weiterhin den Kugelschreiber gezückt.

»Becher, bitte.« *Da kann ich mir die Hände daran wärmen. Mir ist kalt.* Die Bedienung nickt und entfernt sich in Richtung Tresen.

»Tja, Frau Krone, Ihre Situation ist wirklich brisant«, beginnt Dr. Heilmann das unliebsame Thema. »Ich kann mir vorstellen, dass man unter diesen Umständen kaum klare Gedanken fassen kann.«

Immer noch nach Worten ringend beginnt sie zögernd nach Antworten zu suchen. »Wissen Sie, Herr Doktor, ich bin einfach stutzig geworden. Wenn alles glatt gelaufen wäre, so, wie es abgesprochen war, wären mir ja gar nicht so viele Zweifel gekommen.« Mit einem etwas bösen Zug um die Augenbrauen sieht sie ihm jetzt direkt ins Gesicht.

»Ich bin natürlich nicht derjenige, der darüber entscheiden

kann, ob die Operation *lege arte* durchgeführt worden ist oder nicht. Wenn Sie da Unstimmigkeiten spüren, müssen Sie sich an entsprechende Stellen wenden.« Er weicht ihrem Blick aus und schaut sich zum Tresen um, ob die Bedienung bereits mit der Bestellung unterwegs zu ihnen ist.

»Entsprechende Stellen? Ich habe das schon mal durchgemacht. Das hat wenig Sinn. Man hat kaum eine Chance gegen einen Arzt. Entschuldigen Sie, wenn ich das jetzt so sage.« Verlegen wischt sie einen Krümel von der Tischplatte.

»Ich kann Ihren Zorn verstehen, aber bedenken Sie bitte, wenn bei Ihnen die Diagnose zutrifft, haben Sie nicht unendlich lange Zeit, die Therapie zu beginnen. Noch sind die Heilungschancen äußerst günstig.« Er versucht ihr ins Gewissen zu reden.

»Und was, wenn ich gar nicht krank bin?« Nun schaut sie ihm direkt in die Augen und zieht ein wenig ihre Unterlider hoch, bis ihre Augenwinkel von vielen kleinen Fältchen umgeben sind. In diesem Moment kommen die Getränke.

»Der Macchiato für Sie?« Ohne die Antwort abzuwarten, stellt die Kellnerin Dr. Heilmann das geschichtete Getränk auf den Tisch. »Und der Kaffee für Sie. Bitte sehr.«

Janina bedankt sich, zieht den Becher vor sich und umschließt ihn mit beiden Händen. Sie schweigt und wartet eine Weile, bis sie zum Milchtöpfchen greift. Derweil rührt Dr. Heilmann in seinem Macchiato den Karamellsirup unter die aufgeschäumte Milch.

»Meinen Sie nicht, wir können gemeinsam eine Lösung finden?« Unaufhörlich rührt er mit seinem Löffel in dem Getränk.

»Es ist zu früh für eine Entscheidung. Ich brauche Klarheit. Wenn meine *Mission* auf der Erde noch nicht beendet ist, wird der liebe Gott schon dafür sorgen, dass ich noch bleiben darf.« Mit einem vielsagenden Lächeln, das ihn fast verzaubert, sieht sie ihn unverwandt an. Dann spürt sie, wie die Hitze des Kaffees ihre Finger dazu veranlasst, den Kaffeebecher nur noch am Griff zu berühren.

»Sie sind ein ganz besonderer Mensch.« Er schweigt einen

Moment und sieht auf den Tisch. »Entschuldigen Sie bitte, wenn ich das so sage, aber Sie sind eine Bereicherung in meinem Leben. Ich kenne niemanden, der so ist wie Sie.« Er nimmt einen großen Schluck. »Ihre Gesundheit liegt mir sehr am Herzen.«

Janina lächelt ihn dankbar an. »Ich danke Ihnen für das Kompliment, aber ich kann zum jetzigen Zeitpunkt definitiv noch keine Entscheidung treffen.« Mit dem schwermütigen Nicken eines Paters, der der Beichte lauscht, gibt sie ihm ihre Entscheidung zu verstehen.

»Sicher, Fehler passieren«, gibt er zu bedenken. »Wenn Sie Ihrem siebten Sinn vertrauen können, bitte. Ich möchte Sie in Ihrem Entschluss nicht beeinflussen. Ich möchte nur das Beste für Sie, verstehen Sie?« Mit seinem ganzen Mut legt er seine Hand auf die ihre, um sie dann auch gleich wieder zurückzuziehen.

Janina erschaudert und spürt eine Gänsehaut über ihre Schultern kriechen. Sie vermeidet es aufzublicken. »Ich will Ihre kostbare Zeit nicht stehlen.« Um die Situation aufzulösen, versucht Janina ihn an die endende Mittagspause zu erinnern.

»Wissen Sie, ich bin mein eigener Chef.« Er lacht herzhaft, um die Lage ein wenig zu entspannen. »Und niemand ist mir im Moment wichtiger als Sie. Sie haben einen Anspruch auf gute Beratung. Aber Sie haben auch so recht. Ich kann im Moment nicht mehr für Sie tun. Sie wissen ja, Sie können mich jederzeit anrufen.« Sie spürt, wie die Angelegenheit oder der starke Kaffee ihr Bauchschmerzen bereiten, und schiebt den Becher ein wenig von sich. »Darf ich zahlen, bitte?« Mit einem Fingerzeig dreht er sich auf seinem Stuhl um und gibt der Kellnerin ein Zeichen. Janina sucht in ihrer Tasche nach dem Portemonnaie. »Nein, nein, bitte lassen Sie, Frau Krone, Sie sind natürlich eingeladen.«

Sie blickt beschämt auf. »Das ist sehr nett, vielen Dank.« Und schiebt die Geldbörse wieder in die Tasche.

»6,40 Euro, bitte.« Die Kellnerin reißt den Zettel ab und schiebt ihn Dr. Heilmann hin.

»Machen Sie acht.« Er legt den Geldschein hin und nimmt dankend das Rückgeld entgegen.

»Vielen Dank. Einen schönen Tag noch.« Mit einem wissenden Lächeln nickt sie ihren Gästen zu und begibt sich dann wieder zum Tresen. Janina spürt die Blicke der Kellnerin und registriert, wie sie dabei mit einer weiteren Bedienung spricht. Auch das verstohlene Lächeln hinter vorgehaltener Hand bleibt ihr nicht verborgen. *Warum tuscheln die denn? Habe ich was an mir?* Verunsichert sieht Janina an sich herunter und greift dann zu ihrer Jacke.

»Darf ich Ihnen helfen?« Dr. Heilmann bietet seine Dienste als Gentleman an.

»Vielen Dank, es geht schon.« Schnell schlüpft sie aus eigener Kraft in den Ärmel, um einer Berührung zu entgehen.

»Wiedersehen. Bis zum nächsten Mal.« Die Bedienung verabschiedet Dr. Heilmann durchaus freundschaftlich. *Klar, jetzt verstehe ich, er kommt ja öfter her. Wahrscheinlich immer mit einer anderen. Ach, Quatsch.* Ärgerlich, ihre Gedanken nicht so kontrollieren zu können, wie es ihr lieb ist, ruft Janina sich zur Raison.

Während er ihr erneut die Tür aufhält, erinnert Dr. Heilmann noch einmal an seine Erreichbarkeit: »Sie rufen mich an, wenn Sie mich brauchen, versprochen?« Mit einem freundlich drohenden Zeigefinger versperrt er ihr den Durchgang durch die offene Tür.

»Klar. Ich melde mich.« Sein jungenhaftes Auftreten regt sie immer wieder zum Schmunzeln an. Verstohlen schleicht sie sich seitwärts an ihm vorbei durch die Tür. »Bis bald.« Mit einem Handgruß setzt sie sich schnell in Bewegung. Er lässt die Tür langsam zufallen und sieht ihr noch lange nach.

Mist, mein Bauch. Der Kaffee war zu stark. Janina legt wärmend ihre Hand auf den Bauch. *Meine Güte, ich weiß überhaupt nicht mehr, was ich wollte. Der Mann macht mir Angst.* Ihr Telefon klingelt. Oh, Lena. »Hey, na? Wo bist du denn jetzt? Noch im Zug? Ja. Ja, in der Stadt. Nö, nö, alles o.k. Ich war gerade im Café. Ich habe ein bisschen Bauchschmerzen. Ja, bestimmt, wohl vom Kaffee. Nein, mit Dr. Heilmann. Hat sich zufällig ergeben. Wieso? Ja, eingeladen, ja. Ist was? Wieso? Ne, ne, alles in Ordnung. Ja, o.k., bis nachher. Nee, nee, mach dir mal keine Sorgen. Ja, über die Therapie. Nö, war purer Zufall. Nö, nicht lange, halbe Stunde oder so. O.k. dann, bis nachher. *Puh, das auch noch. Ich habe das doch nicht geplant. Ich habe jetzt keinen Bock auf Stress.*

Eingeladen. Na klar. Eingeladen. Lena kratzt sich nachdenklich am Kopf und klappt ihr Handy zu. Sie schweigt und sieht der Landschaft nach, die malerisch am Fenster an ihr vorüberzieht. *Das ist doch alles absurd. Was hat das zu bedeuten?*

»Meine Güte ist das voll heute.« Ein junger Mann mit auffälligen grauschwarzen, fast metallisch glänzenden Augen wischt sich gestresst die Stirn. »Sagen Sie bloß, hier ist noch frei?« Er strahlt sie ungläubig an.

Lena fühlt sich je aus den Gedanken gerissen und stimmt ihm etwas abwesend zu. »Ja. Ja. Ist gerade frei geworden.« Sie deutet mit ihrer Hand auf den Platz neben sich.

»Na, das nenn ich Glück.« Mit einer Miene, die diese unerwartet frohe Botschaft unterstreicht, stellt er seinen Aktenkoffer auf den blaubunt gemusterten Sitz und schält sich aus seinem Mantel. »Es ist kaum zu glauben, aber ich glaube, heute ist die ganze Welt auf den Beinen.

»Kann schon sein«, gibt Lena etwas irritiert zurück. Ihre Verdrossenheit über Janinas Treffen mit Dr. Heilmann beschäftigt sie noch immer.

»Kanbess. Hallo.« Er begrüßt seine Sitznachbarin freundlich und nimmt wie selbstverständlich neben ihr Platz. *Donnerwetter, der ist ja mindestens Einsfünfundneunzig. Moment mal, was hat er gerade gesagt?* »Oh, Ich hasse volle Züge. Ich habe immer so ein Glück. Irgendetwas mache ich verkehrt.« *Hat er etwa Kanbess gesagt? Ich habe mich bestimmt getäuscht.* »Und dann noch so eine charmante Begleitung. Heute muss mein Glückstag sein. Haben wir das gleiche Reiseziel?« Betörend sucht er ihren Blick.

»Dazu müsste ich Ihr Ziel kennen.« Lena lässt seinen Blick an sich abprallen.

»Nun ja, ich werde wieder mal den DAX ins Wanken bringen.« Er rückt seinen Krawattenknoten zurecht. »Sorry, aber ich spekuliere nicht.« *Ich muss mich verhört haben.* Lena fühlt Unbehagen in sich aufsteigen. »Das ist auch mitunter eine heikle Angelegenheit. Glauben Sie mir, ich wollte eigentlich etwas anderes machen.« Er zückt fast entschuldigend die Schultern. »Aber wie das Leben eben manchmal so spielt.« Wie von einem eigenwilligen Zauber umgeben, überlegt Lena, ob sie in das Gespräch einwilligen soll. Sie zögert. »Wenn Ihnen Geldgeschäfte zuwider sind, verraten Sie mir doch, womit Sie Ihren Tagesinhalt füllen.« Neugierig lässt er nicht locker.

»Ich habe nicht gesagt, dass mir Geldgeschäfte zuwider sind«, kontert Lena und fühlt, wie ein Kribbeln in ihrer Nase aufsteigt.

»Lassen Sie mich raten.« Er verschränkt seine Arme und reibt dann übertrieben nachdenklich seine Nasenspitze. »Ich hab's. Sie arbeiten in einem Büro.« Lena niest aus vollem Herzen. »Sehen Sie, ich habe recht gehabt. Sie haben es beniest.« Voller Selbstgefälligkeit klatscht er sich auf die Oberschenkel. »Taschentuch?« Bevor sie antworten kann, hat er es ihr auf ihre Tischablage gelegt.

»Danke.« Sie schnäuzt aus voller Kraft in das dünne Zellstofftuch und merkt, dass die vier Lagen durchaus ihre Berechtigung haben. Sie schnäuzt ein zweites Mal und spürt abermals ein heftiges Kribbeln.

»Büroarbeit kann so vielseitig sein.« Ohne ihre Antwort abzuwarten, führt er seine Ausführung ob des erratenen Berufes fort. »Ich kann Ihnen sagen, bei uns gab es früher auch immer Diskussionen. Mein Bruder wollte auch immer unbedingt ins Büro.« Lena sucht in ihrer Tasche nach einem weiteren Taschentuch. »Hier, bitte.« Höflich hält er ihr die Packung hin. »Bis meine Eltern sich durchgesetzt haben und ihn zum Studieren überredet haben.« Mit einer freundlich abwehrenden Geste überlässt er Lena das Paket. »Ich habe noch eins.« Lena steckt das Päckchen in ihre Tasche.

»Betriebswirtschaft?«, hakt Lena nach.

»Nein, ihm liegt mehr der Kontakt zu Menschen. Er kommt ganz nach meiner Mutter.« Wie selbstverständlich fängt er an, aus dem Nähkästchen zu plaudern.

»Na dann bestimmt Psychologie«, tippt Lena anhand der ihr bekannten Fakten.

»Nicht ganz, Chirurgie.« Er deutet mit seinen Händen eine Straffung der Wangen und des Gesichts an. »Schönheitschirurgie.« Er blickt sie mit seinen funkelnden Augen an. »Ein Weg, den Sie nie zu beschreiten haben werden.« Aufrichtig umrahmt sein Blick Lenas feine Gesichtszüge.

»Schönheitschirurg? Meine Güte, wie aufregend!« Lena zeigt sichtliches Interesse. »Da kann ich mit meinem langweiligen Job tatsächlich nicht mithalten.« Sie lacht und zeigt zum ersten Mal tatsächliches Interesse an seinen Schilderungen.

»Ja, er macht seine Sache wirklich gut. So gut, dass man den einen oder anderen hinterher gar nicht mehr wiedererkennt.« Er lacht herzhaft.

»Wenn ich mal eine neue Identität brauche, dann weiß ich ja, an wen ich mich wenden muss«, scherzt Lena.

»Langweilig?« Er dreht sich in seinem Sitz ein wenig zu Lena hinüber.

»Nun ja, für mich nicht. Ich meinte nur im Vergleich zum Job Ihres Bruders. Aber Sie haben recht, ich bin tatsächlich im Büro. Ich nehme Anzeigen entgegen.« Er stützt seinen Ellenbogen auf die gemeinsame Lehne und zeigt sichtliches Interesse an Lenas Ausführungen, während seine andere Hand wie beiläufig in die Reverstasche greift und eine Visitenkarte herausfischt. »Für eine große Tageszeitung.«

»Ah.« Er wittert Profit. »Da bekomme ich bestimmt Prozente.« Er zieht spielerisch mit dem Zeigefinger sein Augenlid herunter und grinst sie an.

»Ich bin unbestechlich.« Kokett wehrt Lena die nicht ernst gemeinte Anfrage ab und spürt, wie sie seine Gegenwart zunehmend angenehmer empfindet. »Wenn ich jedem Nachlass gewährte, wäre ich mit Sicherheit meinen Job bald los«, entgegnet Lena, was er längst weiß.

»Ich will Sie keinesfalls in Versuchung führen.« Mit einer beschwichtigenden Handbewegung gibt er Lena die Ironie seiner Aussage zu verstehen.

»Aber bei Ihren Geldgeschäften fällt bestimmt ohnehin so viel ab, dass Sie sich den gesamten Verlag kaufen könnten.« Lena spürt, wie sie leicht errötet.

»Einen? Ha, ich bestimme demnächst über die Pressefreiheit.« Er schlägt sich erneut lachend aufs Knie. »Bevor ich's vergesse, wenn Sie die Milliönchen aus ihren Anzeigengeschäften in guten Händen wissen wollen.« Er reicht ihr fast unmerklich mit dem Auge zwinkernd, seine Visitenkarte hin. In Anbetracht ihres nahenden Fahrtziels, beginnt Lena ihre Sachen zu packen, unterbricht für einen Moment und zögert, ob sie die ihr angebotene Karte annehmen soll. *Warum eigentlich nicht? Was weiß er denn schon von mir.*

»O.k., auf welche Konten wollen Sie sie haben?« Beide lachen über das nicht vorhandene Anlagekapital und verlegen steckt sie die Karte in ihr Portemonnaie. »So, nun können Sie auch ans Fenster, wenn Sie mögen«, scherzt sie mit einem Augenzwinkern. »Vielleicht kommen Ihnen beim Anblick der Geschwindigkeit neue Ideen für schnelle Geschäfte.« Elegant schiebt sie sich in die Ärmel ihrer Jacke und schließt den Reißverschluss. Nacheinander klickt sie die Druckknöpfe ihrer Daunenjacke zu. Langsam verringert der Zug seine Geschwindigkeit.

»Machen Sie auch Schlagzeilen?«, scherzt er zum Abschied.

»Kommt darauf an. Wenn mir der entsprechende Anlass über den Weg läuft.« Lena greift zu ihrer Tasche und sieht noch einmal auf ihren Sitz, um zu kontrollieren, ob sie nichts vergessen hat. Dann schaut sie ihm noch einmal frontal in sein Gesicht und lächelt ihn unverwandt an. »Dann viel Erfolg auf dem Parkett«, ermutigt sie ihn und öffnet entschlossen die Schiebetür des Abteils. »Na dann«, verabschiedet sie sich und erntet einen langen, tiefen Blick, der sie bis ins Mark trifft.

»Machen Sie's gut.«

Und dann trennen sich ihre Wege.

Irgendwie seltsam. Er kam mir so bekannt vor. Wenn ich nur wüsste woher. Ach, was soll's, er war ja nett. Schrill quietschen die Bremsen und langsam kommt der Zug zum Stehen. *Seminar. Nur noch ein paar Tage. Morgen wird ein harter Tag. Montag. Montags ist die Woche am längsten.*

Lena und Janina unterhalten sich.

»Das Telefon. Gehst du ran? Ich habe keine Lust.« Lena rekelt sich auf der Couch.

»Wenn es sein muss. Bist du da, wenn man nach dir fragt?«, vergewissert sich Janina, um keine falsche Antwort zu geben.

»Na ja, wenn es denn sein muss.«

Janina eilt zum Telefon. »Krone.« Freundlich lächelnd lässt sie sich im bequemen Sessel nieder.

»Ich bin's.«

Wie versteinert registriert sie die ihr bekannte Stimme.

»Dr. Heilmann«, säuselt es verlockend aus dem Hörer.

»Für mich?«, zischelt Lena mit einem geöffneten Auge zu Janina.

»Nee, nee.« Sie hält ihre Hand auf die Sprechmuschel. »Ich glaube, es ist eine Telefonbefragung.«

Lena schließt auch ihr zweites Auge. »Dann würg sie doch ab.« Entspannt kuschelt sich Lena weiter in das Polster.

»Ja, warte kurz, ich will wissen, worum es geht«, lügt Janina und zieht langsam die Hand von der Sprechmuschel. »Worum geht es bitte?«, fragt sie mit gespielter Ahnungslosigkeit, während sie sich langsam und möglichst unauffällig aus dem Zimmer begibt.

»Lass dich doch nicht vollquatschen«, gibt Lena genervt zu bedenken.

»Ist von der Bank. Vielleicht was Wichtiges«, erwidert Janina und gibt vor, Lena nicht bei ihrem Schläfchen stören zu wollen. »Bin gleich wieder da.« Janina begibt sich in den Flur. Leise zieht sie die Tür vorsichtig ran.

»Haben Sie kurz Zeit? Ich habe eine Überraschung für Sie.«

Lena spürt ein gewisses Unwohlsein und traut dem Frieden nicht. Janina versucht leise das Gespräch so kurz wie möglich zu halten, um Lena nicht auf den Gesprächsinhalt aufmerksam zu machen. Dennoch und vielleicht gerade deswegen wird Lena stutzig und lauscht mit geschlossenen Augen konzentriert dem Gespräch.

»Nun ja, eher nicht.« Nervös blickt sie sich um, sieht aber aus den Augenwinkeln eine schlafende Lena durch den Türspalt. »Was kann ich für Sie tun?«

Dr. Heilmann holt hörbar Luft und beginnt zögerlich mit seinem Anliegen. »Nun ja …« Verlegen sucht er nach den passenden Worten.

»Ich habe wirklich nicht viel Zeit«, drängt Janina noch immer die Angst im Nacken, Lena könnte plötzlich hinter ihr stehen.

»Sagen Sie, Frau Krone, darf ich … darf ich … ich will es kurz machen: Möchten Sie mich Montag ins Theater begleiten? Meine Frau ist erkrankt und ich habe ihr von Ihrer Geschichte erzählt. Wir möchten Ihnen etwas Gutes tun. Würden Sie mir, uns die Freude bereiten?« Totenstille.

»Ich, äh …« Janina hält erneut die Hand auf die Sprechmuschel und blickt sich abermals um. »Ja, wann?« Ohne zu überlegen stimmt sie seiner Einladung zu.

»Darf ich Sie um 18.00 Uhr abholen?«

Dann überschlagen sich ihre Gedanken. *Ist Lenas Lehrgang nicht schon um 17.00 Uhr beendet? Sie könnte schon zu Hause sein. Um Gottes Willen.* »Nein, ich komme direkt zum Theater. Ich habe sowieso dort um die Zeit einen Termin«, lügt sie. *Moment, sie kommt doch morgen gar nicht nach Hause.* »Warten Sie, ich, äh, ja, ich würde mich freuen, wenn Sie mich abholen, ich werde den Termin verschieben.« Stimmt, *sie wollte doch dort bleiben.* Gehetzt schaut sie erneut zur Tür.

»Wie Sie wünschen. Das freut mich sehr. Bis Morgen!« Ohne sein Gesicht zu sehen, spürt sie seine Glückseligkeit in diesem Moment.

»Ich freue mich. Vielen Dank für die Einladung. Bis Morgen.« Ihr Herz klopft wie verrückt. Sie beendet das Gespräch, führt es aber geistesgegenwärtig mit einer fiktiven Person fort. Diesmal betont laut. »Nein, danke, im Moment habe ich keinen Bedarf.« Sie nutzt eine Sprechpause, um sich erneut nach Lena umzusehen. »Nein, nein, davon halte ich nicht viel. Vielen Dank.« Sie sieht sie noch immer schlafend im Sessel. »Ja ist gut, ja gerne, in einem halben Jahr. Vielen Dank, Wiederhören.«

»Und? Was wollten die?« Lena erkundigt sich mit gespielter Gelassenheit nach dem Anrufer.

»Immobilienfonds. Die wollten mir einen Immobilienfonds andrehen«, lügt Janina erneut.

»Na, dann, sag ich doch, gleich auflegen.« *Wie war das doch gleich? Du hast sowieso um die Zeit einen Termin? Du Früchtchen. Da stimmt doch was nicht!*

Schweißgebadet verschwindet Janina nach oben ins Badezimmer. »Stimmt, ich hätte gleich auf dich hören sollen«, ruft sie, während sie mit schnellen Schritten flüchtet. »Ich geh kurz baden.« Dann fällt die Tür ins Schloss.

So, dann bade du mal. Lena erhebt sich aus dem Sessel und geht in den Flur zum Telefon und fragt die angenommenen Anrufe ab. *Schau an, wollen wir doch mal sehen, ob uns die Nummer nicht irgendwie bekannt vorkommt.* »Ja, mach mal, ich schau noch mal kurz ins Internet.« Lena begibt sich zum Schreibtisch und nimmt auf dem Drehstuhl Platz. Wie angewidert ergreift sie mit zwei spitzen Fingern Janinas Adressbuch und blättert darin herum. Immer wieder schaut sie auf das Display des Telefons und vergleicht die Ziffern mit denen im Buch. Dann schlägt sie es verärgert zu. Versteinert blickt sie sich im Zimmer um und ihr Blick fällt auf den Handyhalter. Sie greift zu Janinas Handy und stellt enttäuscht fest, dass ihr der Zugangscode nicht bekannt ist. Wie durch einen Zufall fällt ihr Blick dabei auf zahlreiche Visitenkarten, die ebenfalls im Handyhalter stecken. Sie nimmt sie an sich. *Bausparkasse, Pannenhilfe, Bioladen.* »Like Ice in the Sunshine ...« Lena lauscht Janinas musikalischer Einlage. *Handykarte.* »... I'm melting away ...« »Hier, da haben wir doch was«, murmelt Lena vor sich hin. »... on this sunny day.« Lena vergleicht die gefundene Nummer der Visitenkarte mit der digitalen Anzeige. »Habe ich es mir doch gedacht.« Zornig und voller Verachtung atmet sie hörbar durch ihre Nase aus. »Du verlogenes Luder!«

Vielleicht sollte ich besser keinen Rock anziehen. Oder doch? Wie gehetzt durchwühlt Janina ihren Kleiderschrank. *Nein, das ist zu aufreizend. Eine Hose ist besser. Klar eine Leggings und Stiefel. Quatsch, das ist viel zu sportlich.* Sie verharrt zwischen zwei Blusen und kratzt sich verlegen am Kopf. *Aber Theater? Das ist doch mehr klassisch, oder?* Mit ihrem nächsten Griff fischt sie einen dunkelbraunen Ärmel zwischen den Blusen hervor und behält ihn lächelnd in der Hand. *Natürlich mein Kostüm. Ist zwar in die Jahre gekommen, aber das sieht doch klasse aus.* Als wäre ihr die Idee ihres Lebens gekommen, greift sie zum Bügel und zieht das Kostüm zwischen den anderen Kleidungsstücken hervor. Sie betrachtet es anerkennend. *Genau, das ist angemessen.* Mit einer innigen Geste drückt sie die Jacke vor ihre Brust und streichelt sanft über den Stoff. *Er lädt mich ein. Er lädt mich tatsächlich ein.* Am ausgestreckten Arm betrachtet sie ihren Fund und legt den Kopf etwas schief. Sie lächelt und streicht mit der anderen Hand über den Jackenärmel. *Zu einem Theaterbesuch. Das hat was.* Ihr Blick streift die Zimmerwände und fällt auf den kleinen Radiowecker auf dem Nachttisch. *17.30 Uhr, eine halbe Stunde noch.* Eilig wirft sie das Kostüm auf das Bett und betrachtet sich im Spiegel hinter der Tür. *Sitzen die Haare?* Sie greift mit ihren Händen in die Haare und plustert sie auf. *Perfekt.* Strahlend streift sie die Kostümjacke vom Bügel und löst den Rock aus dem Bügel, der den Bund wie eine riesige Sicherheitsnadel umschließt. Während sie den Reißverschluss ganz vorsichtig öffnet, fällt ihr Blick auf ihre langen, gepflegten Fingernägel. *Ich mag seine Hände. Er hat gepflegte Hände. Sehr gepflegte Hände.* Geschmeidig schält sie sich in den weichen Stoff. *Sie können bestimmt ganz liebevoll sein.* Sorgfältig schließt sie den Reißverschluss, immer darauf bedacht, nicht das Futter in den Zähnchen zu verheddern. *Hände der Liebe.* Nachdenklich stützt sie ihre Hände in die Hüfte und verweilt überlegend vor dem Kleiderschrank. *Es wird gleich klingeln. Soll ich die weiße nehmen?* Zögernd sucht sie eine farblich passende Bluse zum Kostüm. *Das Foto auf seinem Schreibtisch.* Ihre Wahl fällt auf eine schwarze Rüschenbluse. *Er hat es bestimmt zugeklappt.* Nachdenklich hält sie sie mit ausgestrecktem Arm prüfend vor sich in die Höhe. *Morgen früh stellt er es wieder auf.* Dann hängt sie sie kopfschüttelnd wieder zwischen die anderen. *Parfüm?* Dann trifft ihr Geschmack auf ein hellblaues Modell. *Oder lieber eigener Duft. Eigene Pheromone sind viel wertvoller. Intensiver.* Enttäuscht stellt sie fest, dass sie ihre Wahl wegen der kurzen Ärmel überdenken muss. *Braune Augen und blaue Augen. Welche Augenfarbe hätten wohl unsere Kinder.* Kichernd wie ein kleines Mädchen, das sich verstohlen darüber freut, einen kleinen Scherz gemacht zu haben, greift sie zu einer roten Bluse. *Mendelssohn, Genetik.* In Gedanken an ihre Zukunftspläne zieht ihre Erinnerung an die Vererbungslehre vorbei. *Grüne Erbsen, gelbe Erbsen. Klar, war doch immer mein Lieblingsfach. Drosophila.* Sie entscheidet sich für die rote Bluse. *Ich schätze, er ist 1,85 Meter.* Elegant windet sie sich in die Ärmel und ordnet den Kragen. *25 Minuten noch.* Mit fliegenden Fingern verschließt sie die Knöpfe. *Pfefferminz.* Sie hält ihre gewölbte Hand vor ihren Mund, haucht hinein und atmet die in der Wölbung entstandene Luft wieder ein. *Das ist immer gut.* Erleichtert greift sie zur Jacke. *Gerade, wenn man im Auto so dicht nebeneinander sitzt.* Sie schließt die Tür des Kleiderschranks und begibt sich zum Bad, um die ihr wichtig erscheinenden Kosmetikartikel in die Handtasche zu stecken. *Was er wohl für ein Auto fährt?* Nacheinander verschwinden etliche Utensilien in dem abgegriffenen, kleinen Accessoire. *Eine Limousine. Zu viert braucht man schon eine Limousine. Bestimmt hat er noch einen Zweitwagen. Sportwagen. Sicher ein Cabrio.* Erschrocken fällt ihr Blick auf ihre Beine. *Meine Güte. Strumpfhose. Ich brauch ja noch eine Strumpfhose. Oder besser noch Strümpfe. Klar, mit einem sexy Strumpfhalter. Mal schauen, was noch heil ist.* Sie eilt erneut zum Kleiderschrank und fischt eilig einen schwarzen, zerknüllten Perlonball aus einer Schublade. Mit beiden Händen zieht sie ihn in die Länge und hält ihn prüfend vor die Deckenlampe, um ihn auf Laufmaschen zu untersuchen. Zufrieden greift sie mit den Daumen in die Öffnung, streift wie in Zeitlupe den zarten Stoff nach und nach unendlich langsam mit ihren Fingern sanft über die Zehen, so, als würde sich ein Raubtier langsam an sein Opfer schleichen, bis der zarte Strumpf schließlich ihre Ferse umhüllt und die Wade entlanggleitet. *Oder doch lieber Highheels?* Vorsichtig gleiten ihre Hände mit dem etwas fester gewebten Bereich über die Oberschenkel und ziehen ganz langsam und mit Bedacht das feine Gewebe dicht bis an ihren Schambereich. *Nein, ich will ja seriös wirken.* Wohlwissend, welche Gefahr ihre Fingernägel bedeuten, streift sie sachte am Strumpf noch einmal an ihrem Bein entlang. *Machen Highheels unseriös?* Mit gleicher Sorgfalt verschwindet auch ihr zweites Bein in dem Seidenstrumpf. *Quatsch.* Tänzelnd erreicht der eingewebte Slip dann auch seinen Bestimmungsort und abschließend streicht sie den Rock wieder herunter. *Ich bin nervös. Handtasche? Bloß nichts vergessen.* Im Hinausgehen greift sie aus der kleinen Schuhkiste ein paar etwas ausgetretene, schwarze Lackschuhe. *Was brauche ich denn noch? Lippenstift. Habe ich. Mist, mein Handicap ist ja auch noch in der Abklingphase. Tampon.* Ein paar Zornesfalten graben sich in ihre Stirn. *Na ja, am ersten Abend passiert ja sowieso nichts.* Sie lächelt verschmitzt in sich hinein. *Meine Güte, noch zwanzig Minuten. Vielleicht sollte ich die Haare hochstecken.* Aufgeregt dreht sie ihre Haare mit einer Hand im Nacken zum Knoten. *Nein, das schaffe ich nicht mehr, dafür ist es jetzt zu spät.* Gedankenvoll verharrt sie mit der voluminösen Haarsträhne in der Faust. *Hätte ich die Therapie begonnen, hätte ich jetzt schon keine mehr.* Sie öffnet die Faust und wie befreit sucht sich der Haarschwall wie ein Wasserfall seinen Weg. *Meinen Kopf verstümmelt ihr mir nicht auch noch!* Ihr erhobener Zeigefinger verweist ihr imaginäres Gegenüber in seine Schranken. *Meinen Schlüssel. Meine Güte, wo ist der denn?* Sie klopft mit ihren Händen an ihrem Körper entlang, als hätte sie tausend Taschen. *Du lieber Himmel. Mülltonne.* Mit einem Griff zur Handtasche läuft sie die Treppen hinunter. *Genau, da muss er sein. Ich habe doch vorhin den Müll weggebracht.* Dann erreicht sie die letzte Stufe und verharrt für einen Moment. *Oder ob ich den Tampon weglasse. So stark ist sie ja nicht mehr. Eine Slipeinlage reicht.* Bei dem Gedanken kann sie ein Lächeln nicht unterdrücken. *Vielleicht küsst er mich zum Abschied.* Sie atmet tief durch, streckt sich und wirft den Kopf in den Nacken, so als wolle sie sich für eine große Aufgabe rüsten. *Streichelt mich. Ein bisschen.*

Es klingelt. Sie erschrickt. Zehn Minuten zu früh. Jäh aus ihren Träumen gerissen, reißt sie ihre Augen auf und sieht sich wie ein gejagtes Tier um. Sie fühlt sich ertappt.

Mit weichen Knien geht sie ein paar Schritte zur Tür und greift mit zitterigen Fingern zum Türdrücker. Sie fasst all ihren Mut zusammen, drückt entschlossen – *Jetzt oder nie* – den Griff hinunter und öffnet die Tür. Unschuldig, wie ein großer Junge, blickt Dr. Heilmann in Janinas erwartungsvolles Gesicht.

»Ich hoffe, ich störe nicht, ich bin ein bisschen zu früh.« Höflich wartet er vor der Eingangsstufe.

»Nein, überhaupt nicht. Kommen Sie rein.« Janina fühlt, wie das Blut in ihren Kopf steigt. Mit einer Handbewegung bittet sie ihn hinein.

»Vielen Dank. Sie sehen bezaubernd aus.« Noch bevor er das Haus betritt, ist es ihm ein Bedürfnis, Janina seine Anerkennung über ihre attraktive Erscheinung kundzutun. Janina fühlt, wie sich in ihrem Kopf das Blut staut. »Wie geht es Ihnen?« Sie schließt hinter ihm die Tür.

»Den Umständen entsprechend.« Sie lacht über ihren Scherz. »Danke, es geht mir gut. Ich bin eine Kämpfernatur.« Sie faltet ihre Hände vor ihrem Bauch und nickt ihn vielsagend an.

»Das ist bewundernswert. Übrigens, ich soll Sie herzlich von meiner Frau grüßen, sie freut sich, dass Sie für sie eingesprungen sind«, lügt er und räuspert sich verlegen. »So verfällt die Karte nicht und sie kann sicher gehen, dass ich meinen Bodyguard dabei habe.« Unsicher reibt er sich seine Nase und verfällt in ein übertriebenes kurzes Lachen.

»Klar, wer könnte diese Aufgabe besser übernehmen als ich.« Mit einem fast vertrauten Zwinkern nickt Janina ihm zu. »Das ist gut, ich freue mich sehr darauf. Ich hoffe, Ihrer Frau geht es bald wieder besser«, würgt sie zähneknirschend hervor.«

Um von der Situation abzulenken, bittet Dr. Heilmann Janina aufzubrechen. »Was meinen, Sie? Wenn Sie so weit wären ...«

Dankbar für diese Unterbrechung willigt Janina ein. »Natürlich. Ich komme sofort zu Ihnen. Mir fehlt noch ein wichtiges Utensil.« Sie schmunzelt ihn verheißungsvoll an. »Sonst muss ich heute Nacht unter der Brücke schlafen.« Dann öffnet sie die Tür und Dr. Heilmann begibt sich zu seinem Wagen. Etwas zögerlich zieht sie die Tür ins Schloss und geht noch ein paar Schritte über den knirschenden Kiesweg um das Haus. Dann eilt sie so gut es ihre Lackschuhe zulassen zu seinem Auto. Sie öffnet die schwere Beifahrertür und hält ihm klimpernd das Schlüsselbund entgegen.

»Oh ja, das kann Probleme nach sich ziehen, wenn man mal ohne da steht.«

Dann setzt sie sich auf den Beifahrersitz und nimmt das herbledrige Aroma eines neuen Fahrzeugs wahr. Sie staunt diskret über das mit zahlreichen LED-Anzeigen ausgestattete Armaturenbrett.

»Dann wollen wir mal.« Er startet den Wagen und fährt langsam die schmale Auffahrt entlang.« Sie blickt auf das glänzende, rotbraune Holz, das sich an vielen Stellen im Wageninneren wiederfindet.

»Kürzlich rief mich mein ehemaliger Kollege, oder besser gesagt, ein guter Freund an, dessen Lebensgefährtin eine ähnliche Sache widerfahren ist. Wir sprachen seinerzeit kurz am Telefon darüber. Erinnern Sie sich?«, beginnt sie spontan das Thema, das sie schon seit Langem beschäftigt.

»Erzählen Sie.« Dr. Heilmann fährt mit dem geräumigen Wagen behutsam durch die enge Straße, vorbei an einigen parkenden Fahrzeugen.

»Ja, bei ihr wurde durch Zufall Krebs entdeckt.« Janina inhaliert den kräftigen männlichen Duft und klemmt ihre Handtasche zwischen die Beine. »Am Darm.« Sie halten an einer großen Kreuzung. Dr. Heilmann sieht sie aufmerksam an und gibt ihr nickend zu verstehen, dass sie weitererzählen solle. »Sie hat jetzt arge gesundheitliche Probleme.« Sie lässt ihren Blick durch das Fenster schweifen und fährt mit ihrer Erzählung fort. Die Ampel schaltet auf grün und sie setzen ihre Fahrt fort. »Ich habe kürzlich einen Bericht gesehen.« Vorwurfsvoll kneift sie ihre Augen zusammen und fügt schnell hinzu. »Da ging es darum, dass zu oft und zu voreilig operiert wird.« Dr. Heilmann schluckt. »Daraufhin habe ich ihn angerufen und ihm davon erzählt. Seine zukünftige Frau versteht nämlich nicht so gut Deutsch.« Dr. Heilmann versucht, sich seine Unruhe nicht anmerken zu lassen. »Er hat mir auch aufmerksam zugehört, aber seine Angst vor der schlimmen Diagnose war größer, deshalb wollte er eigentlich nur wenig davon wissen.« Dr. Heilmann sucht nach einer Möglichkeit, eine unauffällige Frage zu stellen, während Janina unvermittelt weiterberichtet. »Aber als ich ihm dann noch erzählte, dass mir eine interne Information von der Krankenkasse in die Hände gefallen ist, wurde er hellhörig.« *Wie zum Teufel kommt sie an Interna. Was steckt dahinter?*

»Von der Krankenkasse?« Die zuckenden Bewegungen seiner Wangenmuskeln lassen auf ein energisches Zähneknirschen schließen.

»Ja, eine junge Frau, die ich aus früheren Tagen kenne, arbeitet dort und ich sprach mit ihr über meine Geschichte, weil ich mir einen möglichst unabhängigen Rat einholen wollte.« Ein Gefühl des Unwohlseins schleicht in Janina hoch, sie bekommt das unerklärliche Bedürfnis, nicht zu viel von ihren Informationen preisgeben zu wollen. »Sie hatte kürzlich diese Information erhalten und konnte sich noch sehr gut daran erinnern.«

Dr. Heilmann lockert verstohlen seinen Krawattenknoten. »Dürfte ich das bei Gelegenheit mal lesen? Jede Information zu dieser Thematik kann hilfreich sein.«

Janina winkt ab. »Das war nichts Offizielles. Sie hat es mir im Vertrauen gegeben und bat mich, es für mich zu behalten.«

Verbissen zermartert Dr. Heilmann sein Gehirn, um welche Frau es sich dabei handeln könnte. »Wie stehen die Chancen für die Frau Ihres Freundes?«

Janina schaut auf ihre gefalteten Hände im Schoß. »Ich weiß nicht genau. Ich habe nur einen Teil der Informationen. Ich wollte nicht alles am Telefon erfragen. Er hat mir nur erzählt, dass sie sich wahrscheinlich in Deutschland behandeln lassen wolle.«

Dr. Heilmann wagt eine Frage. »Ist die medizinische Versorgung in ihrem Heimatland unzureichend?« Langsam lässt er seinen Wagen vor der gelben Halbschranke ausrollen und öffnet sein Seitenfenster.

»Das glaube ich nicht, Tokio hat bestimmt hervorragende Möglichkeiten, aber wenn die beiden verheiratet sind, wird sie bei ihrem Mann hier in Deutschland leben wollen.«

Als betätigte er den Hebel für eine Bergwerksspengung, drückt er den Knopf, um das Parkticket zu lösen. *Tokio.* »Das kann ich nachvollziehen.« *Das muss sie sein.* »Wenn Sie mögen, berichten Sie mir doch von der Geschichte in Auszügen.« Die Schranke gibt den Weg frei und sie fahren in kurzen engen Kurven zu einem der oberen Decks. »Es interessiert mich auch«, gibt er nach einer langen Sprechpause zu verstehen.

»Das mache ich.«

Nachdem der Wagen in einer der schmalen Buchten einen Platz gefunden hat, öffnet Janina behutsam ihre Tür, um keine Schäden am Lack zu verursachen.

»Kommen Sie, wir müssen hier entlang.« Dr. Heilmann deutet auf die Tür, über der ein grünes Leuchtsymbol auf die Fluchtmöglichkeit hinweist. Er hält ihr die Tür auf. Schweigend steigen sie die Treppen zum Erdgeschoss hinab. Kurze Zeit später erreichen sie das inzwischen gut gefüllte Foyer.

»Entschuldigen Sie mich bitte kurz. Ich möchte mich noch ein wenig frisch machen.« Janina entdeckt das gesuchte Hinweisschild, während Dr. Heilmann an einem der Stehtische verweilt.

»Natürlich. Bitte.« Sein Blick durchwandert die vielen Gesichter. »Ich warte hier.« Dann fällt seine Wahl auf eine kleine Sitzgruppe, die offensichtlich zu sehr im Abseits steht, als dass sie von den Wartenden bereits besetzt wurde. »Ich nehme da vorne kurz Platz.« Seine Hand weist auf das kleine Zweiertischchen und Janina verschwindet im Gewühl der anwesenden Gäste.

»Ich bin gleich wieder da«, ruft sie aus der Entfernung.

Während Dr. Heilmann auf Janina wartet, klingelt sein Telefon. »Und? Läuft alles?« Ohne Gruß kommt Dr. Kilian gleich zur Sache. Erschrocken schaut sich Dr. Heilmann um, als fühle er sich beobachtet.

»Ja, ich bin jetzt mit ihr im Theater.« Überrascht über den Zufall, gerade in diesem Moment angerufen zu werden, dreht er sich ein wenig mehr zum Vorhang, so, als müsse er sich verstecken.« Sie hat mir da gerade am Rande was erzählt.« Immer den Gedanken an Janinas Rückkehr geheftet, versucht er das Gespräch möglichst kurz zu halten.

»Was?« Böse zischt es durch das Telefon.

»Ich glaube, Nr. 134fjn ist auch aufgeflogen.« Nervös blickt Dr. Heilmann sich um.

»134?« Dr. Klilian versucht mit fester Stimme zu antworten.

»Ja, die von Prochnow.« Unruhig stellt Dr. Heilmann fest, dass es ihm zwischen den vielen Menschen nur schwer gelingt, Janina rechtzeitig zu erkennen.

»Ach, Manfreds kleine Asiatin?« Die Zuordnung kam wie aus der Pistole geschossen. »Wie konnte das passieren.« Irritiert über den Zwischenfall rasen ihre Gedanken durch den vermeintlich perfekten Plan.

»So weit ich inzwischen mitbekommen habe, sind ihr Lebensgefährte und Frau Krone miteinander bekannt.« Erneut lässt er seinen Blick durch die Menge schweifen.

»Verdammt, schalte sie endlich aus. Was weißt du noch?« Zornig fordert Dr. Kilian weitere Information.

»Ich erzähl's dir später. Sie kommt.« Hektisch beendet er das Gespräch und fährt sich verlegen durch sein volles, dunkles Haar. »Sie sehen bezaubernd aus«, empfängt er sie mit einem Kompliment, während der erste Gong ertönt und der angespannten Situation ein jähes Ende bereitet.

»Erzähl, wie war dein Tag?« Janina erkundigt sich nach Lenas Lehrgang.

»Na ja, geht so.« Misstrauisch antwortet Lena ihrer Freundin.

»Und? Waren Bekannte dabei?« Janinas Interesse wirkt aufgesetzt.

»Nö.« Lena lässt sich nicht aus der Reserve locken. »Erzähl du doch. Wie war denn dein Tag gestern?«

Janina sucht nach den gestrigen Erlebnissen nach einer angemessenen Erklärung. »Ich habe ferngesehen«, lügt sie und sucht nach der Tageszeitung. Blitzschnell schlägt sie das Fernsehprogramm auf. »Das gab da doch den Film.« Während sie nach einem Titel sucht, der sie interessiert haben könnte, nimmt Lena das Rascheln der Zeitung wahr.

»Und, war er gut?«

Janina freut sich, einen Titel eines Filmes gefunden zu haben, den sie schon immer sehen wollte und dessen Handlung sie bereits aus Erzählungen kennt. »Ja, die Truman-Story.« Den Trumpf bereits in der Hand glaubend, schlägt Janina die Zeitung siegessicher wieder zu.

»Truman-Story? Aha.« Auch dieses Rascheln bleibt Lena nicht verborgen.

»Ja, wo ihm der Scheinwerfer auf den Kopf fällt.« Schweigen am anderen Ende. »Wo ihm die Realität nur vorgegaukelt wird, weißt du?« Janina ist sich sicher, jede Frage zum Film beantworten zu können, doch Lena zeigt kein Interesse am Inhalt, vielmehr sucht sie nach Erklärungen für Janinas Abschweifungen.

»Na, die Woche wirst du schnell überstehen.« Janina spürt Unwohlsein in sich aufkeimen.

Ach ja, du würdest doch am liebsten die Zeit anhalten. Du kleines Miststück. »Ach du, die Zeit vergeht so schnell, genieß doch mal deine ›Freiheit‹.« Lena holt hörbar tief Luft.

»Wie meinst du das?« Verunsichert versucht Janina den gut gemeinten Ratschlag zu hinterfragen.

»Ach, ist schon o.k. Vergiss nicht, die Blumen zu gießen.«

Zwischen Wut und Enttäuschung gefangen, gelingt es Lena nur schwer, das Gespräch sachlich fortzuführen.

»Klaro, ich weiß doch, wie sehr du an deinem Mitbringsel aus Mallorca hängst.«

Pass du lieber auf, dass dir dein Märchendoktor kein Mitbringsel andreht.

»Ist doch Ehrensache. Ich kümmere mich um deine Schätze«, versichert Janina.

Dumm nur, dass ich inzwischen auch deinen Schatz kenne.

»Das ist lieb von dir. Danke. Bis dann. Ich melde mich morgen wieder bei dir.« Verbittert, aber ohne merkliche Regung in ihrer Stimme beendet Lena das Telefonat.

»Ja, in Ordnung, schlaf gut.« Erleichtert, nicht weiter Rede und Antwort stehen zu müssen, legt Janina auf.

Gedankenverloren greift sie noch einmal zur Fernsehzeitung. »Ach, guck an, Behandlungsfehler ...« sie überfliegt den Beschreibungstext zur angekündigten Sendung. »... Kunstfehler, wenn eine indizierte Maßnahme unterlassen wurde. 20.15 Uhr, sollte ich mir vielleicht anschauen«, erzählt sie sich und befeuchtet unterdessen ihren Mittelfinger, um die trockenen Seiten der Fernsehzeitung gezielter umblättern zu können. »Guck an, auf dem Sender gibt es ja auch was zum Thema, Mittwoch. Ach, da kann ich nicht, das muss ich aufnehmen. *Er hat mein Haar berührt.* Spanisch. Ah, ich muss noch Vokabeln lernen. *Ganz sanft. So sanft, wie es noch niemand berührt hat.* Komisch, die Informationen häufen sich ja fast, oder habe ich früher nur nicht darauf geachtet? »... von der Klinikleitung gedeckt, um dem Image des Hauses nicht zu schaden.« *Warme, weiche Hände. Er hat mein Gesicht in seine warmen, weichen Hände genommen.* »Krebskrank durch Chemotherapie. Zytostatika wirken auf die Erbsubstanz der Zellen und können Leukämie auslösen. Wird bei Brustkrebserkrankungen jedoch selten beobachtet. Na, wie beruhigend.« Wie beiläufig registriert Janina die begleitenden Informationen zu den angekündigten Sendungen. »Vielleicht sollte ich auch noch mal im Internet nachsehen. Da gibt's doch bestimmt noch gezieltere

Informationen.« Ein Schaudern zieht sich über ihren Rücken. *Er hat mich sanft geküsst. Ganz sanft. Ich wollte es nicht. Eigentlich nicht. Oder doch?* »Was ist denn das hier überhaupt für eine Zeitung.« Sie schlägt die Illustrierte zu, um auf dem Titelblatt mehr über deren Inhalt zu erfahren. »Deswegen also, Sonderseiten zum Thema Ärztepfusch. Patienten decken auf. Was haben wir denn da alles Schönes.« *Lange, wunderschöne Finger, gepflegt. Ganz zarte, sanft gebräunte glatte Haut.* »Na bitte, es gibt sogar eine Telefonnummer für die Sicherheit der Patienten. Aktionsbündnis. So nennt sich das. So, so.« *Seine Haare sind schön. So fest und voll, wunderschön glänzend, dunkel und sie duften.* »Deutscher Patientenschutzbund. Meine Güte, das ist ja unglaublich. Da habe ich ja genau die richtige Zeitung erwischt.« Sie greift zur Fernbedienung und betätigt den Einschaltknopf. »Wo ist denn der blöde Videotext. Ach da.« *Lange Wimpern. Schöne geformte dunkle Wimpern. Ungewöhnlich für einen Mann.* »124.« Mit einem Lächeln um ihre Mundwinkel drückt sie die Knöpfe. *Frech. Er hat mich richtig frech angesehen. Unglaublich. Wie kann er mich so frech angucken? Schöne Zähne hat er.* »Patienteninitiative. Lektüre, was haben wir denn da? Todesfalle Krankenhaus[1], tz, das glaube ich ja nicht, na ja und so weiter. Was für ein Zufall. So, meine Güte, das langt, bis ich mich da durchtelefoniert habe. Habe ich dazu überhaupt Lust?«, denkt sich Janina, während sie sich immer wieder dabei ertappt, den vergangenen Theaterbesuch aufleben zu lassen. *Ich habe noch niemals so empfunden wie in dem Moment, als unsere Lippen sich berührten. Niemals war ich inniger mit jemandem verbunden.*

---

[1] Linda Amon, Todesfalle Krankenhaus – Wenn Ärzte pfuschen und vertuschen, Wien 2004, Carl Ueberreuter

»Hey, ich bin's, ... Sven.« Janina braucht ein paar Sekunden, um ihren Anrufer einzuordnen.

»Ach, hallo du, was gibt's?«

Hektisch beginnt er Janina sofort seine Neuigkeit zu unterbreiten. »Du, weißt du was? Mist, ich habe das heute erst gelesen, aber es gibt eine Wiederholung.«

Irritiert unterbricht Janina das Gespräch. »Was denn, warte doch mal, worum geht's denn?«

Unbeirrt fährt Sven in der Geschwindigkeit seines Erzählens fort. »Na, auf dem Dritten. Gestern gab's was zum Thema Krebs. Und das wird Dienstag wiederholt.«

Janina stutzt. Da schießt es ihr siedend heiß ein. *Oh, nein, das wollte ich doch sehen. So was Dummes.* »Das habe ich auch in der Programmvorschau gesehen. Mist, ich bin eingeschlafen. Wann wird das wiederholt?«

Sven ist gar nicht zu beruhigen. »Heute. Heute, 3.00 Uhr.«

»So eine blöde Zeit, da schläft doch jeder normale Mensch. Hast du einen Videorecorder?« Hoffnungsvolle Stille.

»Nee, der ist schon seit Monaten kaputt. Aber, warte mal, wer könnte einen haben?«

Janina kratzt sich am Kopf und überlegt angestrengt. »Katrin vielleicht?« Sven zuckt für Janina unsichtbar die Schultern. »Oder? Hat die nicht gerade Urlaub? Vielleicht Bianca. Ach, wenn man die Leute braucht, sind sie meist nicht da.« Resigniert wischt Janina mit ihrem Handrücken über die Tischplatte.

»Doch, doch, Bianca, das ist eine gute Idee. Die habe ich gestern beim Einkaufen getroffen.«

Erfreut über die gute Nachricht lächelt Janina in den Hörer. »Klasse, ich bin gespannt auf den Beitrag. Hoffentlich hat sie Zeit und Lust, ihn aufzunehmen.«

Sven unterstellt ihr gute Absichten. »Klar, sie ist doch immer hilfsbereit. Rufst du sie an und bittest sie um den Gefallen? Man kann bestimmt nicht genug Informationen zusammentragen.«

Janina verspricht, sich mit Bianca in Verbindung zu setzen. »Klar, ist doch Ehrensache, gut, dass du angerufen hast. Mensch, ich habe das gestern glatt vergessen. Ich melde mich bei dir, wenn ich was weiß.«

Aufgeregt stoppt Sven Janinas Absicht, das Gespräch beenden zu wollen. »Du, das hätte ich glatt vergessen. Ich habe noch einen Zeitungsartikel gefunden, soll ich mal vorlesen?« Ohne die Antwort abzuwarten, beginnt Sven Janina den Text vorzutragen. »*Ärztliche Behandlungsfehler sollten künftig in einem bundesweiten Melderegister erfasst werden. Das hat der Patientenbeauftragte der Bundesregierung, Wolfgang Zöller, gefordert. Usw., usw., die Zahl der Patientenbeschwerden, die an Gutachterkommissionen und Schlichtungsstellen behandelt wurden, stieg zuletzt um fünf Prozent auf fast 11.000 im Jahr 2008.*[2], na ja und dann geht das noch so weiter. Soll ich dir den Artikel mal zuschicken?« Janinas Augen weiten sich vor Erstaunen.

»Das ist er doch. Genau das ist er doch. Den habe ich auch schon in den Händen gehabt. Mach mir mal eine Kopie davon. Schicke sie mir zu, ja? Sven, du bist ein Schatz.«

»Großartig.« Janina setzt sich erwartungsvoll vor den Fernseher und schließt den von Bianca geliehenen Videorekorder an. »Gut, dass die Kabelchen alle passen«, freut sie sich und reibt sich vergnügt die Hände, nachdem sie die erste von zwei Kassetten in den Recorder geschoben hat und der Videokanal die ersten Bilder von sich gibt. »Das scheint eine ältere Sendung zu sein.« Sie stutzt über den ersten Beitrag, der nicht den von ihr erwarteten Titel trägt. *Die falsche Therapie, ein ungeeignetes Narkosemittel oder eine fehlerhafte Operation: Für die Patienten kann das gefährliche Folgen haben. Pro Jahr gehen etwa 15.000 Klagen wegen ärztlicher Kunstfehler bei deutschen Zivilgerichten ein, gerade auf Intensivstationen kommt es immer wieder zu Zwischenfällen. Infusionen werden falsch dosiert oder vertauscht, Einträge im Therapieplan werden übersehen oder sind unleserlich ...* Angestrengt lauscht Janina dem Beitrag. *An manchen Krankenhäusern gibt es mittlerweile unabhängige Patientenfürsprecher. Sie helfen mit ersten*

---

2 Lübecker Nachrichten, 15.02.2010, RW

*Informationen ...*³ »Wer weiß denn schon, ob die wirklich so unabhängig sind.« Janina lässt ihrem Unmut freien Lauf und spult die Kassette weiter vor. *Forscher der Kölner Universität schlagen Alarm: Sie verschickten einen Fragebogen an niedergelassene Allgemeinärzte, um deren Basiswissen über die Behandlung von Bluthochdruck abzufragen. Das Ergebnis: Viele der befragten Ärzte wussten nicht einmal, ab welchem Wert man überhaupt von Bluthochdruck spricht. Vor allem in der täglichen Routine schleichen sich Fehler ein: So zeigten Untersuchungen, dass sich weniger als die Hälfte der Ärzte im Krankenhaus korrekt die Hände desinfizieren ...*⁴ »Krankenhauskeime, schon klar. Wohl gut, dass man nicht überall hinter die Kulissen gucken kann.« Janina schüttelt den Kopf und spult weiter. *Falsche Behandlung, mangelnde Sorgfalt, Kommunikationsfehler und Schlampereien kosten nach einer aktuellen Studie allein in deutschen Krankenhäusern pro Jahr 17.000 Menschenleben. Danach ist jeder 1000. Todesfall in den Kliniken auf vermeidbare Fehler zurückzuführen.* »Vermeidbare Fehler. Mangelnde Sorgfalt. Schlamperei«, wiederholt Janina nachdenklich den Beitrag. *Rund 40.000 Patienten pro Jahr wenden sich an die Beratungsstellen, in Klinik oder Praxis falsch behandelt worden zu sein. Bei jeder fünften Beschwerde bestätigen Gutachter diesen Verdacht ...*⁵ »Und was geschieht mit den anderen vier, das sind doch keine Simulanten.« Neugierig spult sie zum nächsten Beitrag, um sich einen Überblick über den Inhalt der Kassette zu verschaffen. *In Deutschland sterben tausende Patienten jährlich infolge von Behandlungsfehlern. Mit ihrer Aktion »Aus Fehlern lernen« hat sich nun eine Gruppe von 17 Ärzten und Pflegekräften öffentlich zu ihren Fehlern bekannt.* »Was für eine verschwindend geringe Zahl. Und Dr. Kilian ist garantiert nicht dabei.« *So operierte ein Chirurg einer Sportlerin das falsche Knie. Ein Routine-*

---

3 NDR fernsehen, *visite – Das Gesundheitsmagazin*, Patientenrechte – für mehr Schutz und Sicherheit, 04. Oktober 2005

4 NDR fernsehen, *visite – Das Gesundheitsmagazin,* Behandlungsfehler – erschreckende Wissenslücken, 09. Januar 2007

5 NDR fernsehen, *visite – Das Gesundheitsmagazin*, Kunstfehler – was tun, wenn Ärzte falsch behandeln?, 15. Mai 2007

eingriff bei einer Geburt hatte für eine andere Patientin Folgen: Der Gynäkologe durchtrennte einen Harnleiter, der Gynäkologe bekannte sich zunächst nicht zu diesem Operationsfehler. Besonders jüngere Ärzte riskieren ihre Karriere, wenn sie Fehler eingestehen.[6] »Klar, jetzt erinnere ich mich, das hat sie bestimmt damals für ihren Onkel alles aufgenommen. Aber hier ...« Sie spult weiter. Der Rekorder stoppt und wirft die Kassette aus. »Dann ist es wohl auf der anderen. Da, das muss es sein.« *In deutschen Krankenhäusern werden jedes Jahr etwa 17 Millionen Behandlungen durchgeführt.* Aufmerksam verfolgt Janina die Sendung. *In den Praxen niedergelassener Ärzte sind es sogar mehrere hundert Millionen.* Ihr wird bewusst, dass sie sich als kleines Rädchen inmitten einer riesigen Maschinerie wiederfindet. *Dabei liegt die Häufigkeit von vermuteten medizinischen Behandlungsfehlern bei etwa 40.000 Fällen pro Jahr.* Sprachlos registriert sie kopfschüttelnd die Zahl. *Ein Behandlungsfehler liegt dann vor, wenn die durchgeführte Behandlung nicht den aktuellen medizinischen Erkenntnissen entspricht, wenn ein diagnostischer oder medizinischer Eingriff nicht indiziert ist oder aber wenn eine indizierte Maßnahme unterlassen wurde.* »Aha. Indizierte Maßnahme unterlassen«, wiederholt sie leise vor sich hin. *Dabei geht es zunächst nur um die Behandlung selbst und nicht um deren Erfolg. Denn die Erfolglosigkeit einer Behandlung bedeutet nicht, dass automatisch ein Behandlungsfehler vorliegt.*[7] Janina lauscht dem Bericht und murmelt erbost vor sich hin: »Erfolgreich falsch behandelt. Nur, das muss man erst mal beweisen. Die werden sich schon geschickt herausreden. Oh ja, interessant.« Während sie weiter den Interviewteilnehmern lauscht, sucht sie in Anbetracht auf die angekündigten Informationsquellen etwas zum Schreiben. »Moment, nicht so schnell«, schimpft sie auf den ununterbrochenen Sendefluss und wird schließlich fündig. »Da haben wir ihn

---

6 NDR Fernsehen, *visite – Das Gesundheitsmagazin*, Behandlungsfehler – neue Initiative gegen das Schweigen, 04. März 2008
7 NDR fernsehen, *visite – Das Gesundheitsmagazin*, Kunstfehler – wenn Ärzte falsch behandeln, 10. November 2009

ja.« Eifrig notiert sie mit dem soeben gegriffenen Stift die empfohlenen Informationsquellen. »Das kommt doch gerade alles zur rechten Zeit.« Zufrieden diktiert sie sich eilig vor sich hin murmelnd die Adressen und Telefonnummern. »Bianca, du bist großartig. Was hast du noch für mich in petto? Was ist das denn für ein Umschlag. Von Victoria.« *Meldung aus der Gesundheits- und Sozialpolitik, 26.01.2010: In Nordrhein-Westfalen gibt es inzwischen 51 auf die Behandlung von Brustkrebs spezialisierte Brustzentren. Um als Brustzentrum anerkannt zu werden, muss eine Klinik regelmäßig eine Reihe von Qualitätskriterien, umfassende Behandlungsangebote, Vernetzung mit Spezialisten und Gynäkologen der Region ...* »Aha!« *... sowie Mindestfallzahlen nachweisen. Zielgruppe sind vor allem Frauen zwischen 50 und 69 Jahren ...* »Das kommt ja fast hin.« *Jährlich soll ein Brustzentrum mindestens 150 Operationen bei Neuerkrankungen vorzuweisen haben.* »Na, da habe ich wohl die Losnummer 150 gezogen.« *Allerdings könne nicht ausgeschlossen werden, dass die vorgegebene Quote im Einzelfall auch zu überflüssigen Operationen verleite, wer die Fallzahlen nicht mehr erfülle, erhalte »ohne Rücksicht auf Einzelinteressen der Krankenhäuser« eine Aberkennung.* »Da ist ja noch mehr im Umschlag. Du meinst es aber gut mit mir.« Janina holt Victorias gesammelte Werke aus dem Umschlag. *... die Zeiten, in denen das Wort der »Götter in Weiß« einfach hingenommen wurde, sind lange vorbei. Das Recht des Patienten auf die sogenannte Zweitmeinung werde heute sowohl von den meisten Ärzten als auch von den Krankenkassen anerkannt, berichtet Anne-Dorothee Speck von der »Unabhängigen Patientenberatung Deutschland« (UPD).* »So weit bin ich ja schon.« *... Nicht immer zeigen sich Ärzte indes derart kooperativ. In manchen Fällen fühlten sie sich noch immer auf den Schlips getreten und begriffen die Bitte des Patienten als Affront, berichtet die Patientenberaterin Speck.*[8] »Ja, ja, die lieben Krähen. Interessant ...« Janina überfliegt den Artikel, legt ihn beiseite und blättert dann in dem Heft, das den Unterlagen beiliegt. *Gefälschte Studien, wirkungslose Medikamente, verbotene Men-*

---

8 Lübecker Nachrichten, 05. Februar 2010, Michael Draeke

schenexperimente – bis heute bleiben die meisten Medizinskandale unaufgedeckt. Die große Mehrheit von Arzneimittelstudien wird von Pharmakonzernen bezahlt, dadurch sind die Einflussmöglichkeiten der Auftraggeber auf das Ergebnis der Studie enorm – mit fatalen Folgen für die Patienten. »Ganz neue Krebsart, mir wird so einiges klar, was könnte man da wieder für neue Mittelchen ausprobieren.« Janina verschlingt die nächsten Absätze. *Der Hersteller eines der meistverkauften Antidepressiva mit dem Wirkstoff Reboxetin weigerte sich, dem Institut eine vollständige Liste aller veröffentlichten und unveröffentlichten Studien zum Wirkstoff Reboxetin zur Verfügung zu stellen. So fehlten Schlüsselinformationen, um beurteilen zu können, wie Reboxetin abgeschnitten hat.* »Probiotika. Ist das nicht im Joghurt drin?«, fragt sich Lena und liest weiter. *In einer Studie wollten niederländische Ärzte testen, ob Probiotika sogar Leben retten können. Patienten, die an einer Erkrankung der Bauchspeicheldrüse litten, bekamen hohe Dosen der Bakterien. In der Bakteriengruppe starben 24 Patienten ...* »Kein Joghurt mehr«, nimmt sich Janina scherzhaft vor. *... wie viele Milliarden kann man mit einem Placebo verdienen ...*[9] »Das ist so viel zu lesen. Ich mache morgen weiter. Meine Güte, schon halb elf. Morgen kommt Lena wieder. Ob ich ihn jetzt noch anrufen kann?« Dann klingelt das Telefon. Janina zögert und greift dann doch zum Hörer. »Unbekannte Nummer. Wer ruft jetzt an?«, fragt sie sich und drückt den Hörer ans Ohr. »Ja? Du? Jetzt? Wo ist denn deine Frau? Mit den Kindern? Ach ja, Ferien. Gelesen. Och, so ein paar Berichte. Nee, auch noch ferngesehen. Ins Bett. Jetzt noch? Am See? Mmh, auspacken? Nur den Mantel, o.k., mache ich. Schwarze. Rote habe ich nicht. Mit Spitze. Holst du mich ab? Bis gleich.

---

9 Welt der Wunder, 6/10, Die geheimen Akten der Medizin

»35fDmvp57EB?« Das Rascheln von eifrig umgeblätterten Seiten ertönt.

»In Vorbereitung.« Gehetzt werden weitere Auskünfte eingefordert.

»17mDsh77TA?« Mit stoischer Gelassenheit werden die Nummern auf der Liste abgehakt.

»Therapiebeginn am 15. diesen Monats.«

Erleichtertes Aufatmen nach der Nennung der Nummern. »Wunderbar, ich hatte meine Zweifel.

»137fDb69CHb?«

»Wird nachresiziert.«

»Du glaubst gar nicht, wie sehr ich die lästige Abordnung nach Hamburg endlich hinter mir haben möchte und meinen Urlaub herbeisehne.« Dr. Kilian schlägt die Liste ihrer Probanden für die Krebsforschung zu, lehnt sich erleichtert im Sessel zurück und verschränkt ihre Hände hinter dem Kopf. »Besondere Ziele für besondere Menschen«, gibt sie mit einem arroganten Zug um den Mund zu verstehen. »Eine kleine Rundreise«, spielt sie den geplanten Urlaub herunter.

»Deutschland?« Möchte ihr Gegenüber wissen.

Dr. Kilian mustert sie von oben herab. »Wie profan. Kindchen, du weißt doch, dass mich nur ein kleines Fernziel reizt.« Sie erhebt sich vom Stuhl und schreitet wohlgefällig durch den kalkweißen Raum. »Ein bisschen Fernluft schnuppern. Du verstehst? Panama. Da war ich noch nicht. Panama, Rundreise und dann noch ein wenig chillen. Martinique natürlich.« Als wäre diese Reise das Selbstverständlichste dieser Welt, schwärmt sie ihrer Kollegin einige Einzelheiten vor. »Nationalpark, Krokodile, Drinks in der Reggae-Bar. Ich könnte mal wieder ein wenig Abwechslung gebrauchen«, sie schmunzelt vielversprechend und fährt mit ihrer Zunge genüsslich über die Oberlippe. Wenn heißblütige Latinos meine multiplen Orgasmen schüren, will ich den Himmel am Maracaibo-See flackern sehen.« Stummes Nicken kommentiert ihre Ausführungen. »Auf goldgelben Sandstränden will ich die muskulösen Stiere auf mir spüren. Glutheiße Körper aneinander reiben.« Hingebungsvoll haucht sie an die Fensterscheibe und beobachtet, wie sich die kreisrunde Atemspur langsam im Nichts auflöst. »Bald, bald ist es so weit. Ich kann es kaum erwarten.

Heiligenblut, 220 km. *Dr. Heilmann plagt sein Gewissen. Konzentriert starrt er auf die dreispurige Fahrbahn.* Er schaut in den Rückspiegel. Die Gelegenheit ist gut. Es ist alles frei. Er setzt den Blinker und wechselt von der mittleren auf die rechte Spur.

»Ich habe euch lieb.«

Er fährt die Ausfahrt raus und wartet an der Kreuzung, bis er sich in den fließenden Verkehr einfädeln kann. Dann ist es so weit, er biegt nach links auf die Bundesstraße. Dann kommt das Auffahrtsschild, Autobahn.

»Es tut mir leid.«

Langsam fährt er auf das blaue Schild zu. Er ist allein. Kein weiterer Autofahrer folgt ihm. Dann fährt er an. Er sieht das rote Schild mit dem weißen Balken.

»Ich habe einen Fehler gemacht.«

Er verlässt die Rechtskurve und biegt nach links auf die Autobahn. Regen setzt ein. Was für ein Gefühl. Was für ein Plan. Was für ein Fehler. Aus Fehlern kann man lernen.

»Verzeih mir, Janina.«

Dritter Gang. Der Motor heult auf. Kein Auto in Sicht. Sein Herz rast. Schweißperlen treten auf seine Stirn. Mittlere Spur. Vierter Gang. Seine Hände krallen sich in das Lenkrad. 120. 130. Rechte Spur. Vierter Gang. 160. Die Mittelleitplanke rast rechts an seinen Augenwinkeln vorbei. Dann in der Ferne zwei Lichter.

»Passt immer gut auf euch auf.«

Der Regen prasselt heftig gegen die Windschutzscheibe. Scheibenwischer auf höchster Geschwindigkeit. Die Lichter nähern sich in hoher Geschwindigkeit. Sie wachsen zu einer Größe von Heißluftballons an. Blinken. Blenden. Blitze.

»Gott im Himmel, hilf!«

Dann ein Knall, Krachen, Funken sprühen.

Alles vorbei.

»Ich habe mir etwas ganz Besonderes für heute ausgedacht.« Übertrieben liebevoll zwinkert Lena Janina zu.

»Ach ja?« Völlig irritiert blickt sie vom Schreibtisch auf.

»Mach dich mal richtig fein für nachher.« Mit geneigtem Kopf beißt sich Lena grinsend auf die Unterlippe.

»Das hört sich ja vielversprechend an.« Janina legt langsam ihren Bleistift in die Ablage vor sich zu den anderen und spürt, wie sich ihr Gewissen bemerkbar macht. Schüchtern blickt sie Lena an, ihr verunsichertes Lächeln spricht Bände. »Habe ich etwa etwas vergessen?« Janina versucht krampfhaft den Anlass zu erraten.

»Muss man immer einen Grund haben, um etwas Gutes zu tun?« Schnippisch zieht Lena eine Augenbraue hoch und schaut Janina überlegen an. »Ich habe für 18.00 Uhr ein Taxi bestellt.« Fröhlich beschwingt geht Lena zur Tür und dreht sich noch einmal mit einem überlegenen Lächeln herum. »Also, sieh zu, dass du deine Hausaufgaben fertigbekommst.« Ohne eine Antwort abzuwarten, lässt sie Janina alleine im Raum zurück.

Die lauscht Lenas tappenden Schritten, die sich langsam entfernen. *Ich habe das gar nicht verdient.* Janina spürt, wie die Nervosität ihre Achseln befeuchtet. *Ich muss irgendetwas tun. Das kann so nicht weitergehen.* Ratlos gräbt sie tiefe Furchen in ihre Stirn und stützt ihr Kinn auf die gefalteten Hände. *Ich muss es ihr irgendwie sagen.* Sie klemmt ihre Oberlippe zwischen ihre Zeigefinger und verharrt in dieser Stellung. Als könne ihr die Natur bei ihrer Entscheidung helfen, blickt sie regungslos in die milchigdunstige Luft. *Natürlich, es liegt schon Jahrzehnte zurück.* Tiefer Hass lässt ihre Augen böse aufblitzen. *Es sollte für mich nie wieder einen Mann geben.* Sie fühlt, wie ihre Wut Tränen in ihr aufsteigen lässt. *Sie kann ja nichts dafür. Einfach nichts dafür.* Sie lässt ihre gefalteten Hände langsam vor sich auf dem Schreibtisch nieder. *Aber ich kann einfach nicht. Vielleicht hätte ich lieber alleine bleiben sollen.* Ihr Blick fällt auf die kleinen weißen Ziffern auf dem Bildschirm. *Ach, du meine Güte, zwanzig vor sechs. Ich muss mich beeilen.* Hektisch greift sie zur Maus und klickt die Funktion zum

Herunterfahren des Computers an. *Warum habe ich ihn getroffen? Gibt es den Zufall auf der Welt? Warum bin ich in diese vertrackte Situation geraten?* Mit einem leisen Surren, das zufrieden verstummt, gibt der Computer seinen Dienst auf. *Ich kann das nicht tun. Die Kinder.* Ihre Zehen biegen sich nervös auf der schaukelnden Fußstütze auf und ab. Dann dreht sie sich langsam auf ihrem Stuhl, stützt ihre Hand auf die gläserne Platte und verharrt mit einem fragenden Blick in die Natur. *Ich habe das alles doch gar nicht so gewollt. Ich werde ... ich werde. Wenn die Gelegenheit sich ergibt, werde ich es ihr heute sagen.*

»Bist du so weit?« Lena steht mit einem Fuß auf der untersten Treppe und blickt erwartungsvoll die Stufen hinauf.

»Gleich, ich komme gleich.« *Das kann doch nicht wahr sein. Mein Magen spielt verrückt. Das muss die Aufregung sein.* »Fünf Minuten noch.« Janina stöbert hektisch in der Hausapotheke. »Weißt du, wo die Kohletabletten sind?« Mit einem nervösen Blick sieht sie auf die Uhr an ihrem Handgelenk.

»Wir haben keine mehr. Was hast du denn?« Lena schiebt mit einer Hand die Gardine zur Seite und schaut durch die Milchglasscheibe, ob sie schon die Scheinwerfer eines Fahrzeugs auf die Auffahrt herannahen sieht.

»Ich habe Bauchschmerzen. Kommt wohl von den Cevapcici. Da waren noch welche übrig vom letzten Mal.« Janina hält schützend ihre Hand vor ihren Bauch.

»Selbst schuld. Hackfleisch soll man ja auch nicht so lange aufbewahren. So, nun sieh zu, dass du fertig wirst, du bekommst gleich einen Kräuterlikör und dann wird das schon wieder.« Es klingelt an der Tür. »Siehst du, hopp jetzt.«

Die Tür des kleinen Arzneischränkchens fällt hörbar ins Schloss und kurz darauf treten dumpfe Schritte eilig über den Teppich. Unsicher verharrt sie auf dem obersten Treppenabsatz und zupft nervös an ihrem schwarzen Etuikleid, das knapp an die grazilen Knie reicht. Mit einem anerkennenden Pfiff zwischen den Zähnen kommentiert Lena Janinas Erscheinung.

»Und? O.k. so?« Verlegen steigt Janina eine Stufe hinunter.

»Donnerwetter, das gefällt mir!« Mit ihrem Zeigefinger schiebt sie eine fiktive Schiebermütze in den Nacken und bleibt breitbeinig mit verschränkten Armen stehen. Es klingelt erneut. Sichtlich enttäuscht, den Blick von Janina lösen zu müssen, drückt Lena den Türgriff hinunter und öffnet die Tür einen Spalt.

»Taxi?« Ein dickbäuchiger, kleiner Mann grinst verschmitzt durch den Türspalt.

»Ja, einen Moment, wir kommen sofort.«

Der Mann reibt mit einem anerkennenden Blick auf Janina seinen an den Enden gezwirbelten, weißen Bart, zuckt mit den Schultern und trottet wieder zu seinem Wagen.

»Dann lass uns gehen. Auf ins Vergnügen!« Lena reicht Janina die Hand und etwas zögerlich steigt sie die letzten Stufen hinab und willigt ein.

»Wohin darf ich Sie bringen, meine Damen?« Das auffallend weiße volle Haar des Fahrers glitzert im fahlen Licht der Deckenbeleuchtung des Taxis.

»Ins Bishoku.« Lena betont genüsslich den fremd klingenden Namen.

»Oh. Vortreffliche Wahl.« Sein Hinterkopf lässt ein anerkennendes Nicken erkennen.

»Sie waren schon dort?« Lena sucht seinen Blick im Rückspiegel.

»Nein, es existiert ja erst seit Kurzem, ich hatte noch keine Gelegenheit, aber ich hatte schon einige Male Gäste von dort abholen dürfen. Sie waren ausnahmslos begeistert.« Konzentriert schaut er in den Seitenspiegel, setzt den Blinker und biegt ab.

»Bishoku?« Janina schaut Lena fragend an.

»Lass dich überraschen.« Verheißungsvoll grinsend sieht Lena durch ihre Seitenscheibe in die Abenddämmerung.

»Na, da haben wir ja noch eine kleine Tour vor uns.« Seine roten Bäckchen glänzen prall, während sein Mund sich zu einer breiten, genüsslichen Linie verzieht. »Auf geht's!«

»Guten Abend, seien Sie herzlich willkommen im Bishoku. Sie haben reserviert?« Ein fernöstlich anmutender junger Mann in elegantem schwarzen Anzug begrüßt die beiden jungen Frauen mit einer mehrfachen ehrerbietigen Verbeugung.

»Ja, für zwei. Auf den Namen Krone.« Lena sieht mit einem tiefen Seufzer ein wenig mitleidig zu Janina hinüber.

»Wenn Sie mir bitte folgen wollen.« Während die akkurat gebügelte, schneeweiße Serviette auf seinem angewinkelten, linken Arm ruht, vollführt er mit seinem rechten eine einladende Bewegung, sich ihm anzuschließen. Mit einem Nicken zu Janina überlässt Lena ihr den Vortritt. Etwas unsicher, erneut an ihrem schwarzen Kleid zupfend, stimmt sie zögernd zu. Mit gebieterischem Schritt erreicht er einen mit einem zauberhaft arrangierten Blütenbukett gedeckten Tisch, verziert mit seidig glänzenden Servietten und einem prunkvollen Kerzenhalter. Ehrfurchtsvoll zu Boden blickend zieht der zierliche Mann einen Stuhl an seiner Lehne vom Tisch hervor und deutet mit einer Handbewegung auf die Sitzfläche. Janina nickt verlegen und als sie vor dem Stuhl steht, bemerkt sie, wie er behutsam unter ihr Gesäß geschoben wird. Lena wartet geduldig, bis Janina die Zeremonie über sich hat ergehen lassen und wird nun ihrerseits sanft zu Tisch geführt. Das seidige, pechschwarze Haar des Kellners glänzt im Schein der Kronleuchter. Janina sieht aus ihren Augenwinkeln tiefschwarz funkelnde Schuhe zu ihrer linken Seite. In Anbetracht der vornehmen Atmosphäre wagt sie es kaum zu atmen.

»Ich darf Ihnen das Menu Kaiseki Surprisa kredenzen? Wie vereinbart?« Der Kellner wagt nur einen bescheidenen Blick zu Lena, fast scheint es so, als wolle er direkten Blickkontakt vermeiden, so wie es Tiere täten, die einander respektieren.

»Ja.« Lena schaut entschlossen und überlegen lächelnd zu Janina hinüber. »Lassen Sie uns beginnen.«

In Anbetracht des zu erwartenden opulenten Mahls werden Janinas Gewissensbisse stärker. Nervös versucht sie ihren Kloß im Hals hinunterzuschlucken. »Lena ...«, sie zögert und findet nicht die passenden Worte. »Lena, ich ..., du, das ... das ist eine wahnsinnige Überraschung«, stammelt sie.

»Nun, das ist ein ganz besonderer Tag, ein ganz besonderes Restaurant und auch, wie ich finde, ein ganz besonderer Anlass.« Lena blickt würdevoll zu Janina. *Ich möchte, dass du mich in guter Erinnerung behältst, meine liebe, kleine Janina.* Lena zögert in ihrer Ausführung. *Ich hoffe nicht, dass sie tut, was ich ahne.* Janina fühlt sich merklich unwohler in ihrer Haut. Nervös streift sie unmerklich ihre Achsel. Unhörbar, wie auf Kufen herbeigeglitten steht plötzlich der ehrfürchtige Kellner neben ihnen.

»Sie gestatten.« Höflich wartet er die Zustimmung ab, um den beiden jungen Frauen einen Aperitif zu servieren. »Sehr zum Wohl.« Mit einer dezenten Verbeugung entfernt er sich zunächst mit zwei Schritten rückwärts so leise, wie er auch gekommen ist.

»Janina, wir kennen uns nun schon eine lange Zeit.« Lena umfasst vorsichtig den zarten Stiel des Aperitifglases. *Ich möchte diesen Tag für dich unvergesslich machen. Glaube mir, ich habe dich wirklich geliebt.* »Janina, lass uns auf uns anstoßen.« Zielstrebig streckt sie ihr Glas zum Toast zu ihrer Freundin. *Ich habe es geahnt. Jetzt kommt, was schon lange kommen musste.* Mit einem gequälten Lächeln erhebt Janina ihr Glas und lässt es sanft auf das Lenas treffen und ein leiser Klang, fast wie ein behutsamer Glockenschlag, läutet die Zeremonie ein. Mit kleinen kunstvoll auf Tatamimatten angerichteten Köstlichkeiten wird der erste Gang eingeläutet.

»Otoshi und Zensai, wenn Sie gestatten.«

»Sehr gern. Das sieht ja fantastisch aus«, gesteht sich Janina ein. Wie liebevoll das zubereitet ist.« Merklich beeindruckt greift sie zu ihren Bambusstäbchen und kostet unbeholfen die Vorspeise.

»Köstlich und bekömmlich.« Lena unterdrückt ein böses Lächeln und legt ihr Besteck zur Seite. Sofort ist eine zierliche Frau im Seidenkimono zur Stelle, um das benutzte Geschirr abzuräumen. Nachdem weitere Vorspeisen gereicht werden, wird traditionell im Anschluss aus dampfenden Porzellanschälchen eine

Suppe serviert. »Misoshiru.« Galant wird der nächste Augenschmaus dargeboten.

»Ich kann mich gar nicht sattsehen. Richtige kleine Kunstwerke. Hier darf das Auge wirklich mitgenießen«, freut sich Janina und vergisst für den Augenblick, was sie Lena eigentlich offenbaren wollte.

Mit einem Fingerzeig bittet Lena den Kellner an ihren Tisch.

»Es darf weitergehen mit der besonderen Delikatesse?«

»Sehr gern«, gibt ihm Lena zu verstehen und kurz darauf wird der nächste Teller vor Janina drapiert.

»Huch, da ist ja fast gar nichts drauf. Aber trotzdem. Nett anzusehen.« Janina bewundert die nächste Dekoration.

»Das ist Leber, Fugo-Leber«, erklärt ihr Lena. »Du, ich muss glaube ich eine klitzekleine Pause machen, sonst haben die nächsten Gänge keinen Platz mehr.« Lena schiebt ihren Teller zu Janina hinüber und überlässt ihr, im Bewusstsein der tödlichen Gefahr, ihre Portion. »Das sind ja nur ein paar Gramm«, muntert sie Janina auf und zieht mit einem unterdrückten schadenfrohen Lächeln eine Augenbraue hoch.

Nach einer Weile bittet Janina, die Speisenzeremonie zu beenden, da sie durch das opulente Mahl von Völlegefühl geplagt ist. Sie fahren mit dem Taxi in ein nahegelegenes Waldstück.

»Das war fantastisch, aber mir ist irgendwie immer noch ein bisschen flau im Magen.« Janina beugt sich ein wenig vornüber, als wolle sie die Speisen wieder erbrechen.

»Tatsächlich?« Mit gespieltem Erstaunen und gehässigem Blick registriert Lena, dass Janina sich erneut ihre Hand auf die Magengegend hält. »Ein wenig zu viel des Guten?« Ironie umspielt ihre Mundwinkel.

»Können wir uns irgendwo setzen?« Eine Parkbank ein paar Schritte weiter des Weges lädt zum Verweilen ein. »Ich muss dir etwas sagen.« Janina ringt um ihre Fassung. »Ich kann nicht. Oh, mein Gott, mein Magen rebelliert irgendwie.«

»W a s kannst du nicht?« Lena sieht Janina böse an.

»Lena, ich … ich …«

»Hast du mir etwas verschwiegen?« Mit einem Blick der Verachtung bleibt Lena mit verschränkten Armen vor Janina stehen.

»Lena, als ich damals von meiner Krankheit erfuhr ..., lass uns ein Stück weitergehen, ich kann nicht sitzen, ... als ich damals von meiner Krankheit erfuhr und Dr. Heilmann ...« Dann krümmt sie sich wieder für einen Moment.

»Ach, Dr. Heilmann ist dein Geheimnis?« Ungeachtet Janinas Schmerzen dreht Lena sich ab und geht ein paar Schritte vor.

»Lena, mir ist übel. Ich habe Angst.« Sie hält sich ihre Hand vor den Mund.

»Mir ist auch übel, wenn ich richtig vermute, was du mir erzählen willst.« Ruckartig dreht sich Lena wieder um.

»Lena, es ist jetzt nicht die Zeit für Vorwürfe. Ich habe eine unerklärliche Angst.« Sie stemmt ihre Hände in die Seiten und versucht schmerzhaft sich aufzurichten.

»Erzähle nur.« Gemächlich spaziert Lena weiter ohne Rücksicht auf Janinas nahenden Zusammenbruch.

»Ich glaube, mein Kopf platzt. Ich habe rasende Kopfschmerzen. Oh, mein Gott, was ist bloß los. Lass uns zurück zur Bank.« Janina geht in die Hocke und sackt auf die Knie.

»Sag nicht, du schwächelst jetzt.« Sie bleibt stehen, ohne sich jedoch umzudrehen.

»Lena es ist mir ernst. Meine Lippen. Sie kribbeln.« Kniend stützt sie die Hände ins Gesicht.

»Ach ja? Begehrst du männliches Verlangen«, spielt Lena auf ihre sich bewahrheitenden Nachforschungen an.

»Mach keinen Quatsch. Das kann doch nicht sein. Mein Mund wird taub.«

Und du glaubst, ich habe nichts gewusst? Nun bezahle deinen Preis, dass du mich monatelang hintergangen hast. Lena empfindet Triumph und Genugtuung für den ihr angetanen Schmerz. »Wolltest du mich die ganze Zeit nur auf den Arm nehmen?« Sie dreht sich langsam um, als würde sie ihrem Duellpartner nun in die Augen sehen wollen.

»Lena, bitte, mein Gaumen, ich kann nicht ... ich kann nicht mehr sprechen ... meine Zunge.« *Du wirst deine Zunge in niemandes Hals mehr stecken.* »Lena, Hilfe.« *Du brauchtest mich die ganze Zeit nicht. Warum sollte ich dir jetzt helfen.* Ungeachtet von Janinas Zustand setzt sie mit auf dem Rücken verschränkten Armen ihren Weg zielgerichtet fort. Wie in einem stummen Verhör hört sie Janina hinter sich flehen. *Wie oft hat er dich gefickt, du Hure. Auf seinem Stuhl, ja? Habt ihr da eure Spielchen gemacht, Ja?* »Lena, bitte, meine Hände.« *Du widerst mich an.* »Sie schlafen ein.« *Hör auf in meiner Gegenwart von schlafen zu reden.* »Warum sprichst du nicht mit mir. Warte doch.« *Hast du auf mich gewartet? Ich wollte mich für dich aufsparen.* »Meine Füße, Lena, bitte, ich kann nicht mehr.« Unbeirrt der Hilferufe ihrer Freundin setzt Lena ihren festen Schritt fort und vergrößert den Abstand zwischen sich und Janina. »Bitte, Lena, Lena ... wo kommen ... kommen die Pferde her, die Kutsche, halt ... halt sie an Lena, bitte ... die Pferde ... Kutsche ...« Dann bricht sie zusammen.

Ungerührt setzt Lena steifen Schrittes ihren Weg fort, weiter hinein in den Wald. Das Laub raschelt unter ihren Füßen. Dann bleibt sie kurz stehen und blickt sich um. *Du wolltest immer ehrlich zu mir sein.* Eiskalt blickt sie auf die am Boden liegende Janina und spuckt verächtlich aus. Für einen Moment spürt sie tiefe Traurigkeit, zwingt sich dann wieder zur Vernunft und geht ungerührt weiter. Nach ein paar Schritten verharrt sie erneut und blickt sich um. Janina ist nur noch als dunkle Erhebung in der mondhellen Nacht zu erkennen. Lena spürt, wie sich Schweißperlen auf ihrer Stirn bilden. *Den Ring hast du noch genommen.* Ihre Augen beginnen zu brennen. *Ich wollte dich zum Schluss um etwas ganz Besonderes bitten.* Sie wischt sich mit der Faust über die Nase. *Das dürfte mir ja wohl gelungen sein. Deine vier Gramm. Und meine vier Gramm.* Lena erinnert sich an den besonderen Teil des Menüs, bei dem die Fugu-Leber serviert wurde, auf die sie, nicht ohne Grund, zugunsten von Janina verzichtet hat. *Du wolltest alles, jetzt hast du nichts mehr.* Sie beginnt zu frösteln und blickt in die hell erleuchtete Nacht. Der Mond scheint ein Gesicht bekommen zu haben. Dunkle, tief liegende Augen, die sie mahnend anzufunkeln scheinen. Sie erschrickt vor dem Ruf eines Käuzchens, der sie zur Umkehr aufzufordern scheint. Ein Sturm zieht auf. Blätter wirbeln durch die Luft. Dann fällt ein Ast direkt vor ihren Fuß. *Verdammt. Verdammt, ich kann das nicht.* Nervös greift sie zu ihrem Handy und wählt die 112.

Der Notarztwagen erreicht die Klinik der nahegelegenen Stadt.
»Sie warten bitte hier draußen.«
»Ja, ist gut.«
»Die Schwester wird sich gleich um die Formalitäten kümmern.«
Guten Abend meine Damen und Herren. Die Nachrichten. »Kann ich noch kurz zu ihr?« Verunsichert bittet Lena um Einlass.
»Tut mir leid, wir haben keine Zeit zu verlieren.« ... *Mit einem sensationellen Erfolg im Dienste der Wissenschaft wurde heute in Den Haag der renommierte Physiker Prof. Dr. von Kleist mit dem Nobelpreis für Medizin ausgezeichnet.* »Warten Sie bitte, bis Sie aufgerufen werden.« ... *Prof. Dr. von Kleist erhielt die hoch dotierte Ehrung für seine Forschungen im Kampf gegen den Krebs. In einem sensationellen Durchbruch gelang ihm die Entschlüsselung der Entstehung von malignen Zellen*
»Ja, ist gut.« Mit zitternden Knien lässt sich Lena auf einem der harten ausgeblichenen Plastikstühle nieder. *Osnabrück. Zu einem tödlichen Verkehrsunfall kam es in den Abendstunden auf der A 7.*
»Entschuldigung, bitte, wo ist das WC?« Aufregung und Völlegefühl entwickeln sich in Lenas Bauchraum zu einem explosiven Gemisch. *Berichten zufolge des Sprechers der Autobahnpolizei endete die Fahrt eines Geisterfahrers tödlich nach einem Zusammenstoß mit einem Kleinlaster.* »Da vorne, zweite Tür rechts.« *Mit schweren Verletzungen wurde der Fahrer des Kleinlasters in das nahegelegene Krankenhaus eingeliefert. Der Unfallverursacher verstarb noch an Ort und Stelle. Er hinterlässt eine Frau und zwei kleine Kinder. Bramsche* »Vielen Dank.« Lena rafft ihre Jacke zusammen und schleicht förmlich der Wegbeschreibung entlang, stets darauf bedacht, sich umzusehen, als wäre sie ein gehetztes Tier.

»Sie haben etwas verloren!«, ruft der Sitznachbar ihr energisch hinterher. Als wäre sie angeschossen worden, erstarrt sie und blickt sich langsam um. »Ihre Geldbörse.« Er schwenkt lachend ihr Portemonnaie hin und her.

»Oh, mein Gott ja, Danke! Vielen Dank.« Sie eilt zurück und ebenso hektisch wieder zum WC. In Zeitlupe, als solle es niemand hören, drückt sie die Klinke hinunter, sieht sich noch einmal um, öffnet die Tür einen Spalt und zwängt sich wie eine Schlange hindurch. Vor dem Spiegel bleibt sie minutenlang stehen. Sie sieht in ihr Gesicht. Dann drückt sie ihre Geldbörse ganz fest und blickt auf ihre Hände. Ganz langsam und mit zittrigen Fingern öffnet sie den Druckknopf und schlägt die Börse auf. Sie zieht eine Visitenkarte zur Hälfte heraus. Dann schaut sie wieder in den Spiegel. Sie legt das Portemonnaie auf die Porzellanablage über dem Waschbecken. Blickt sich minutenlang an. Dann beginnt sie, sich die Haare straff aus dem Gesicht zu ziehen. Verändert ihre Augenform mit den Fingern. Kneift die Lippen etwas zusammen. Sie dreht ihren Kopf und betrachtet ihr Profil. Mit dem Zeigefinger drückt sie die Spitze ihrer Nase herunter, schiebt ihren Unterkiefer vor.

»Schnell, ist der OP bereit?« Eilig läuft die OP-Schwester der Ärztin entgegen. »Ihr muss der Magen ausgepumpt werden. Akute Fischvergiftung«, fasst sie in einem Kurzbericht zusammen.

»Geht klar. OP 3«, wird das Operationsteam angewiesen. »Wen haben wir denn da?«

Schwester Maria blickt in smaragdgrüne Augen und gibt wie gewünscht die näheren Informationen über die eingelieferte Notfallpatientin. »Eine junge Frau mit Fischvergiftung.« Gehorsam gibt die Schwester Auskunft. »Tetrodotoxin.« Fast meint man, sie stünde stramm vor ihrer Vorgesetzten, die ein silbernes, auffällig mit Strasssteinen verziertes Zigarettenetui in ihrer Kitteltasche verschwinden lässt.

»Mh, interessant, wann?« Ohne den Blick von dem Anamnesebogen zu wenden, fährt sie mit der Befragung fort. »

Vor einer halben Stunde etwa.« Geschäftiges Treiben von der OP-Vorbereitung dringt an ihre Ohren.

»Angehörige?« Durch die Bullaugen der OP-Tür, sieht sie bereits die Schwestern mit der sterilen, blauen Kleidung wartend.

»Ihre Freundin wartet draußen.«

Sorgfältig beginnt sie sich ihre Hände zu waschen. »Symptome?« Wasser fließt vom Ellenbogen zu ihren Händen ins Waschbecken.

»Sie sagt, es begann mit Kopfschmerzen, dann klagte sie über ein beunruhigendes Gefühl.« Mit ihrem Ellenbogen betätigt sie den langen Hebel der Armatur und der Wasserfluss stoppt. »Sie hatte am Abend vorher übrig gebliebenes Hack gegessen«, fährt die Schwester fort. »Ihre Freundin hatte es zunächst darauf geschoben.« Gehorsam hält sie ihre Fersen aneinandergepresst.

»Was geschah dann?« Der Drahtbügel des Desinfektionsspenders schwingt ergeben unter dem Druck ihres Ellenbogens auf und ab und eine klare, hellgrüne Flüssigkeit spritzt in ihre Hand.

»Dann wurde ihr Mund taub und Teile des Körpers hatten Lähmungserscheinungen.« Strenger Desinfektionsgeruch dringt ihr in die Nase.

»Alter?« Erneut betätigt sie den Spender.

»39.« Mit einer kurzen Bewegung schiebt ihr Zeigefinger die schwarze Nickelbrille dichter zur Nasenwurzel.

»Name?« Das schwarze, straff zurückgekämmte Haar mündet in einem winzigen Haarknoten.

»Krone. Janina Krone.« Für einen Moment der Ewigkeit herrscht angespannte Stille. Die Schwester wagt nach einer Weile einen schüchternen Blick über ihre Nickelbrille.

»Wie bitte?« Smaragdgrüne Augen funkeln sie erwartungsvoll an. Artig wiederholt sie den Namen der Patientin. »Janina Krone.«

Sekunden vergehen, in denen sie zur Salzsäule erstarrt, dann fühlt sie, wie sich die Kraft eines atomaren Sprengsatzes in ihr formiert. Sie atmet tief durch. »Haben Sie alles vorbereitet?« Genüsslich reibt sie sich die Hände in der sterilen Lösung.

»Sie ist Kassenpatientin, Dr. Borchers ist bereits informiert.«

Zuversichtlich lächeln ihr die schmalen roten Lippen ihres Spiegelbildes entgegen. »Ist schon gut. Ich übernehme. Sie hat noch etwas – sagen wir – g u t bei mir.

Guten Abend, meine Damen und Herren.

In Venezuela sind bei einem Flugzeugabsturz alle 152 Passagiere, sowie acht Besatzungsmitglieder einer Regionalmaschine des Typs McDonnell Douglas der kolumbianischen Fluggesellschaft Caribbean Eagle ums Leben gekommen. Das Flugzeug befand sich auf dem Weg von Panama-Stadt nach Martinique. Etwa auf halber Strecke meldete der Pilot dem Tower von Caracas den Ausfall eines Triebwerks und bat um Notlandeerlaubnis. Nach Problemen mit dem zweiten Triebwerk stürzte die Maschine in der bergigen Region von Cordillera de Mérida in der Nähe des Maracaido-Sees ab und ging in Flammen auf. Unter den Opfern befinden sich auch dreizehn Deutsche. Es wird vermutet, dass Ausläufer des Tropensturms Pallas mit ursächlich für den Absturz der Maschine sein könnten.

Susanne Feddern
fernVerbindung
schnuRRlos in den Urlaub · Mit vielen Fotos

Urlaub auf den Malediven – all inclusive, jedoch ganz ohne die geliebten Samtpfoten. Kann das wirklich ein Vergnügen werden? Was könnte den kleinen Fellnasen während der eigenen Abwesenheit alles zustoßen!

Um das Gedankenkarussell zu stoppen, bedarf es zumindest äußerst beeindruckender Naturschönheiten, einer faszinierenden farbenfrohen Unterwasserwelt, reichlichem und delikatem Essen, Meer, Sonne und Strand.

Ganz allmählich könnte man sich entspannt dem süßen Nichtstun hingeben und genießen, wenn da nicht die kleinen und großen Missgeschicke wären.

Was sich zwischen der Abreise und der Rückkehr aus dem Urlaub sowohl zu Hause als auch auf der Insel ereignet, wird in den humorvollen Geschichten von Susanne Feddern lebendig und anschaulich geschildert.

162 Seiten. Paperback. 10,90 Euro. ISBN 978-3-89774-703-6

Susanne Feddern
Schneit der Regenbogen bunt?
Kater Louis entdeckt die Welt · Mit vielen Fotos

Für das neugierige Katerchen Louis gibt es weiterhin ganz viel Spannendes und Interessantes zu entdecken. Er genießt das Leben in seinem schönen Zuhause, hat jede Menge Unsinn im Kopf und lässt sich am liebsten von Frauchen verwöhnen.

Seine Katzenfreundin Tigi erklärt ihm – mehr oder weniger geduldig – so manche ihm unverständliche Verhaltensweise seiner Menschen.

Die vielen kleinen Alltags-»Gespräche« zwischen Louis und seinem Frauchen sind amüsant zu lesen und zeugen vom liebevollen Einfühlungsvermögen und großen Katzenverstand der Autorin.

96 Seiten. Paperback. 8,90 Euro. ISBN 978-3-89774-629-9
eBook. 7,49 Euro. ISBN 978-3-89774-916-0

Susanne Feddern
Hallo, Mami, ich bin's
Briefe von Kater Louis

Louis und Tigi sind zwei herzallerliebste Geschöpfe - nicht von der Sorte der zweibeinigen, aufrecht gehenden Spezies Mensch. Nein! Es sind niedliche Katzen und treue Weggefährten von Susanne Feddern. Nach dem Tod ihrer ersten Katze waren es Louis und Tigi, die ihr über die Zeit der Trauer hinweghalfen. Katerchen Louis berichtet vom ersten Tag an, den er in seinem neuen Zuhause verbringt, seiner Katzenmutter in Form von Briefen alles, was er und Tigi zusammen erleben. Amüsante Einblicke in den Alltag zweier Samtpfoten, die Appetit auf weitere Abenteuer von Louis und Tigi machen, liebevoll und herzerfrischend niedergeschrieben.

96 Seiten. Paperback. 8,90 Euro. ISBN 978-3-89774-612-1
eBook. 6,99 Euro. ISBN 978-3-89774-986-3

www.louis-welt.de